Marshall Flynn

Der Fluch von
Everly Falls

Impressum

Autor:

© 2024 Marshall Flynn

Kontaktadresse:

c/o Manuel Enders

Oberdörnen 56, 42283 Wuppertal

E-Mail/Social Media:

autormarshallflynn@gmx.de

www.facebook.com/autormarshallflynn und

www.instagram.com/autormarshallflynn

Lektorat:

www.fehlerjaegerin.de

Buchcover:

www.canva.com

Pergamentgrafik:

Kerstin Montante

Autorenportrait:

Jennifer Enders

Die Deutsche Nationalbibliothek verzeichnet diese Publikation in der Deutschen Nationalbibliografie; detaillierte bibliografische Daten sind im Internet über https://dnb.de abrufbar.

Der Fluch von
Everly Falls

Für mein Alter Ego.

Monsters are real, and ghosts are real too.
They live inside us, and sometimes, they win.

Stephen King

Stets erwache ich aufs Neue,
doch die Welt bleibt trüb, als ob ich noch träume.

Marshall Flynn

Vorwort

Liebe Fans des Horrorgenres,

mit großer Freude präsentiere ich euch meinen ersten Kurzroman »Der Fluch von Everly Falls«. La Danseuse Démoniaque ist skrupellos und mordlüstern! Eine gute Kombination, um Unheil in ein kleines Städtchen zu bringen!

Meine Leidenschaft gehört, wie auch euch, den gruseligen Geschichten, sei es in Büchern oder Filmen. Bei Letzterem bevorzuge ich das Kino. Sich gemeinsam vor einer großen Leinwand zu gruseln, hat seinen ganz eigenen Charme.

Ich hoffe, dass ich euch in meine mystische Welt entführen kann, egal ob ihr auf dem Weg zur Arbeit seid oder im Urlaub in der Hängematte liegt. Gänsehaut kann man überall verspüren, und das ist auch gut so!

Mein nächster Kurzroman ist gerade in Arbeit und eine wesentlich umfangreichere Geschichte steht bereits in den Startlöchern. In dem geplanten Mehrteiler geht es um eine große Weltverschwörung!

In diesem Sinne wünsche ich euch gute Unterhaltung!

Euer
Marshall Flynn

Inhalt

Prolog

Es gab einmal einen amerikanischen Dichter namens Elias Whitmore. Sein klarer Geist wirkte in der Zeit der Aufklärung. Er vermochte das Unaussprechliche in Worte zu kleiden. Wenn nicht er, wer sonst verstand, was Liebe in ihrer ganzen Pracht war? Und doch verlor er sich in der Einsamkeit. Der Traum von einer Frau an seiner Seite blieb ihm versagt.

Verlassen von Gott begab er sich im feinen Zwirn auf eine strapaziöse Reise nach Europa, um eine okkulte Gesellschaft in den verwinkelten Gassen von Paris zu treffen, die dafür berüchtigt war, Wünsche jeder erdenklichen Art mühelos zu erfüllen. Dafür musste er jedoch einem anderen Gott dienen.

In seiner Verzweiflung unterschrieb er einen Vertrag mit seinem Blut, und der Fürst der Finsternis gewährte ihm, wonach er verlangte. Doch Mr. Whitmore ahnte nicht, welche Kräfte er damit freisetzte. Nicht nur er, sondern auch die Menschen in seiner Heimatstadt Everly Falls sollten seinen Fluch zu spüren bekommen.

Das Grauen erwacht

Kapitel I

Gegenwart: Sommer 2024.
Die Highschool hatte wieder begonnen …

Hi, mein Name ist Matthew Bennett, aber nennt mich doch ruhig Matty. Ich bin gerade achtzehn Jahre alt geworden. Wenn ihr zufällig von meiner Geschichte hören solltet, könnte es sein, dass ich bereits von diesem bestialischen Ding ermordet wurde.

Ich bestehe darauf, dass auch ihr dieses dämonische Wesen in menschlicher Hülle als »Ding« bezeichnet. Ein Ding, nicht mehr und nicht weniger. Denn daran war und ist nichts, aber auch gar nichts, was auch nur im Entferntesten mit unserer Spezies zu tun hat.

Bevor sich all die schrecklichen Ereignisse in unserem verschlafenen Städtchen Everly Falls ereigneten, in dem sich die Bürger mit Vornamen kennen, war mir nicht im Geringsten bewusst, dass bereits vor über zweihundertfünfzig Jahren das Übersinnliche hier sein Unwesen getrieben und ein Gemetzel sondergleichen angerichtet hatte. Dabei hatten unzählige Generationen dies als eine Legende abgetan, die einem Schauermärchen glich.

Ich aber musste schmerzhaft erfahren, dass ich nicht ganz unschuldig an der Sache war. Es ist meine Pflicht, dass dieses Ding nicht noch einmal ungeschoren davonkommt und es ihm gelingt, Everly Falls endgültig auszulöschen.

Doch fangen wir von vorne an, als sich noch alles um mich drehte. Meine Mom Sarah, die typische Hausfrau, die eher in die fünfziger Jahre passt als ins einundzwanzigste Jahrhundert, und mein Dad Ethan, der angesehene Sheriff der Stadt und Beschützer meiner Familie, bildeten nach außen hin die Vorzeigefamilie. Wir hätten auch in einer Cornflakes-Werbung mitspielen können. Es mangelte mir an nichts, denn meine Eltern taten alles für mich. Ich musste nicht einmal einen Job annehmen, um mein Leben zu finanzieren, und um das Geld fürs College brauchte ich mir auch keine Gedanken zu machen. Alles wurde mir in den Schoß gelegt, und zum Dank verfiel ich ausgerechnet dem Alkohol. Das sollte noch für eine Menge Ärger sorgen. Ob ich an göttliche Gerechtigkeit glaube oder nicht, manchmal denke ich, dass meine Eltern etwas Schlimmes getan haben mussten, um einen so verkommenen Sohn wie mich ertragen zu müssen.

Ich war der typische Footballstar an der Eagleton Highschool. Selbstredend widmete ich mich dem Volkssport hauptsächlich, um bei den Girls zu punkten. Ehrlich gesagt, wer würde schon das Risiko von Verletzungen eingehen, wenn nicht für das weibliche Geschlecht? Dabei öffnete mir mein ansehnliches Sixpack das ein oder andere Türchen. Allerdings hatte dieser Lebensstil nur sehr wenig mit Liebe zu tun, aber vielleicht war diese Art zu leben ein unbewusster Versuch, sie zu erfahren.

Das erste Mal sah ich dieses Ding im Geschichtskurs, als es vorne in der ersten Reihe Platz nahm. Zu diesem Zeitpunkt war ich mir sicher, dass ich die schönste Schülerin auf dem Erdball entdeckt hatte. Mir war klar, dass ich ihre Nummer haben musste. Ihre großen, mandelförmigen Augen, betont von dunklen, ausdrucksstarken Wimpern, durchdrangen intensiv den ganzen Raum. Ihre kleine Nase, ihre hohen Wangenknochen und ihre schlanke Kinnpartie passten perfekt zu ihren sinnlichen Lippen, während das dunkle, schulterlange Haar ihr herzförmiges Gesicht umspielte.

Doch sie – und das kannte ich bis zu diesem Zeitpunkt nicht – ließ mich eine ganze Weile zappeln, was im Nachhinein betrachtet gar nicht mal die schlechteste Idee war. Ihr Name war Scarlett Blackwood und sie schien unnahbar zu sein – genau mein Fall. Je mühsamer ich um jemanden buhlen musste, desto größer war die Befriedigung, wenn ich mein Ziel erreicht hatte. Und ich erreichte jedes Ziel.

Wahrlich, ich konnte mich nicht über meinen ästhetischen sechs Fuß und drei Zoll großen Körper beklagen: Die sorgfältig gestylten, blonden Haare, die in weichen Wellen über meine Stirn fielen, das markante Kinn, die scharfen Wangenknochen und meine funkelnden blauen Augen à la Paul Walker – Gott sei seiner Seele gnädig –, sie sprühten nur so vor Entschlossenheit.

Zu jeder Gelegenheit trug ich meine wuchtige Footballjacke, auf der das stolze Emblem der Schule prangte: ein majestätischer Adler mit ausgebreiteten Flügeln, umgeben von einem kraftvollen »E« für »Eagleton«. Sie unterstrich mein Selbstbewusstsein, während ich aufrecht durchs Leben ging.

Eigenlob stinkt, ich weiß, aber mich selbst belügen möchte ich auch nicht. Doch mein Körper wurde in der nächsten Zeit immer mehr malträtiert, und nachdem mir das Ding später einen Teil meiner Wange weggerissen hatte, sah ich aus wie Two-Face aus dem Film »The Dark Knight«. Von Schönheit konnte von dem Moment an nicht mehr die Rede sein.

Zurück zum Geschichtskurs: Der Akzent der neuen Mitschülerin deutete darauf hin, dass sie Französin war. Angeblich hatte sie weltweit viele Meisterschaften als

Ballerina gewonnen. Seit ihre Karriere Fahrt aufgenommen hatte, trat sie unter einem Künstlernamen auf. Offenbar wollte sie nicht, dass jemand über sie und ihr wahres Leben Nachforschungen anstellte.

Scarlett war sich ihrer erotischen Ausstrahlung mehr als bewusst und unterband jeglichen Versuch der männlichen Schüler, Bilder von ihr direkt nach Schulschluss aus dem Internet herunterzuladen, um ... nun ja, ihr wisst schon, die Nummer mit den Taschentüchern zu vollziehen.

Über ihre Eltern und deren Beruf verlor sie kein Wort. Ehrlich gesagt, in den ersten Tagen verhielt ich mich wie ein Stalker, der sie auf Schritt und Tritt verfolgte. Ich wollte alles über sie wissen, doch sie gab mir das Gefühl, dass ich sie nicht ansprechen durfte.

Also musste ich um alles in der Welt ihren Künstlernamen herausfinden. Ich war bereit, es auch für alle verknallten Mitschüler zu tun. Als Computer-Nerd, der entgegen jeder Vernunft auf das Sportstipendium verzichtete und lieber Informatik studieren wollte, suchte ich etliche Stunden im Internet, doch eher bekam ich Kopfschmerzen vor dem flimmernden Bildschirm, als dass ich irgendwelche brauchbaren Informationen über sie fand. Das machte mich zwar wütend, andererseits genoss ich auch den Nervenkitzel der Herausforderung.

Erster Todesfall

Kapitel II

Um kurz nach sechs bekam ich einen unangenehmen Anruf von Lucas Mitchell. Dabei hatte ich die halbe Nacht schlecht geschlafen, weil ich immer an Scarlett gedacht und mir den Kopf zerbrochen hatte, wie ich sie herumkriegen könnte.

Lucas war einer meiner engeren Freunde. Er hatte mir einmal den Arsch gerettet, als uns der fünfzigjährige Drogendealer Rusty Malone schlechtes Marihuana verkaufte und ich mein Geld nicht wiederbekam. Im Suff schlug ich Rusty auf einem Parkplatz bewusstlos. Dabei bearbeitete ich seine von Akne gezeichnete Fresse mit meiner rechten Geraden, bis er in sich zusammensackte. Er brauchte dringend einen Arzt, denn das Blut lief wie Wasser aus seiner Nase und sickerte in seinen verfilzten Vollbart.

Stolz war ich nicht auf meine Aktion, aber ich lasse mich nicht gerne abzocken. Lucas rief anonym den Krankenwagen und rettete Rusty damit das Leben.

Der Fall kam mangels Zeugen nie vor Gericht, auch weil der gute Lucas dichthielt, wofür ich ihm ewig dankbar sein werde.

Warum der zwielichtige Rusty nicht gegen mich aussagte, muss daran gelegen haben, dass er sich entweder an nichts mehr erinnerte oder dermaßen Dreck am Stecken hatte, dass es besser war, so wenig Aufmerksamkeit wie möglich auf seine Person zu lenken. Zweiteres ergab einfach mehr Sinn, denn er soll auf kleine Mädchen gestanden haben.

Lucas teilte mir am Morgen hektisch mit, dass Rusty Malone tot am Ufer des Serenity Lake aufgefunden worden sei. Der Fundort lag gerade mal zwei Meilen von meinem Zuhause entfernt. Ich bekam Gänsehaut. Sein Körper war ausgeweidet worden, und aufgrund des Wassers war seine Haut aufgedunsen. Er musste fürchterlich gestunken haben, wie es später in »The Everly Falls Gazette« hieß.

Lucas fragte mich allen Ernstes, ob ich es dem Dealer ein zweites Mal heimgezahlt hatte, was ich vehement verneinte, woraufhin er sich hastig entschuldigte. Es war einfach zu absurd.

Wir beide hofften inständig, dass der Vorfall vom Parkplatz nicht doch noch ans Licht käme, sonst könnten er und ich in den Fokus der Justiz geraten, und das würden meine Eltern, besonders mein Dad, mir wohl nie verzeihen.

Einige Tage nach dem Vorfall erzählte mir mein Dad am Frühstückstisch, dass sogar der Pathologe psychiatrisch betreut werden musste, denn so etwas Schlimmes hatte er zuvor noch nie gesehen.

Unangenehmer für mich wurde es an der Eagleton Highschool, als dieses Ereignis gefühlt eine Ewigkeit Topthema war und die wildesten Theorien aufgestellt wurden, wie dieser mysteriöse Mord überhaupt passieren konnte. Klar, die Stadt ist umgeben von Wäldern, und dort gibt es Bären, die sich ab und zu in Richtung der Häuser bewegen, um die Mülltonnen zu durchforsten oder sich am See zu tummeln, doch die Spurensicherung schloss die Bärentheorie aus, weil die Bisspuren nicht von einem dieser Wildtiere stammten. Sie waren kleiner und spitzer. Die Ermittler tappten im Dunkeln. Und so munkelte man von menschenfressenden Außerirdischen, die schleichend die Welt übernehmen wollten. Als ich das hörte, verdrehte ich die Augen und konnte mir ein Schmunzeln nicht verkneifen.

Die Beerdigung von Rusty Malone in der Pinecrest Baptist Church begann mit Glockengeläut aus dem verwitterten Turm, auf dem ein großes schweres Kreuz prangte. Natürlich musste Gott die Tragödie mit Dauerregen kommentieren. Klatschnass erwies der Priester dem

Toten die letzte Ehre und bettete den Sarg, begleitet von einer überschaubaren Anzahl an Trauernden, in die ewige Finsternis. Ich wusste das, weil ich das Schauspiel aus einiger Entfernung beobachtete.

Mit der Zeit würde im wahrsten Sinne des Wortes Gras über die Sache wachsen, doch auch wenn Rusty Malone kriminell gewesen war, ein solches Ende hatte er nicht verdient!

Meine Intuition sollte mir noch ein verlässlicher Freund werden, denn irgendwie ahnte ich, dass es nicht bei dem einen Mord in Everly Falls bleiben würde.

Die Party

Kapitel III

Es war Samstagabend. Bereits zum vierten Mal in diesem Jahr veranstaltete der fette Clancy Hastings eine seiner gigantischen Partys. Seine Eltern hatten, im Gegensatz zu meinen, wirklich viel Kohle und scheuten sich nicht, es jedem zu zeigen.

Das idyllische Herrenhaus am Rande der Stadt wirkte schon von außen sehr beeindruckend. Das Dach war mit dunkelgrauem Schiefer gedeckt, das Haus in einem makellosen Terrakottaton gestrichen und die zahlreichen Fenster im Obergeschoss spiegelten das Licht der unter gehenden Sonne wider.

Die Fußböden im Inneren des Hauses bestanden überwiegend aus Marmor, der im Schachbrettmuster angelegt war, und die vielen Spiegel an den Wänden ließen die Räume noch größer erscheinen, als sie ohnehin schon waren.

Mein erster Gedanke war, dass Clancys Eltern Freimaurern angehörten, die irgendwelchen gruseligen Ritualscheiß in Roben veranstalteten. Nur so konnte ich mir diesen unfassbaren Reichtum erklären. Doch ich wurde eines Besseren belehrt, denn sie hatten sich ihren gehobenen Lebensstandard hart im Immobiliengeschäft erarbeitet, das immer mehr florierte.

Als ich die Partymeute scannte, wurde mir schnell klar, dass Clancy alle Girls aus der Stufe eingeladen hatte. Mit vielen von ihnen war ich schon im Bett gewesen, und ich versuchte, den giftigen Blicken so gut es ging auszuweichen. Wenig später fand ich mich inmitten der Eagles wieder, meinem Football-Team. Lange hielt ich es auch dort nicht aus. Die Deppen überboten sich mit hanebüchenen Erzählungen über ihre Verletzungen aus der vorherigen Saison. Als geborener Sieger musste ich mich natürlich einmischen und klarstellen, dass sie ohne meine rechte, stählerne Schulter und meine Touchdown-Rekorde nie so erfolgreich gewesen wären. Zwar machte ich mir damit keine Freunde, doch endlich kehrte Stille ein.

Ich sehnte mich nach einem Drink und ließ die Versager mit ihren ernsten Mienen einfach stehen. In der Küche füllte ich meinen roten Becher bis zum Rand voll mit Wodka-Energy, bevor ich die halbgeschwungene Treppe bestieg, um zur großen Terrasse zu gelangen.

Nippend genoss ich von dort den Blick auf den weitläufigen Garten mit seinen geschlängelten Wegen, die sich bis zu den träumerischen Rocky Mountains erstreckten, als ich überraschend Scarlett nicht weit entfernt von mir entdeckte.

Sie trug ein hautenges langes Satinkleid in einem feurigen Rot mit einem Beinschlitz, was ihre Wahnsinnsfigur und ihre langen Beine, die in mörderischen High Heels steckten, noch mehr betonte. Eine schlichte, aber elegante Silberkette zierte ihren zarten Hals und über ihrer linken Schulter hing eine kleine schwarze Umhängetasche. Scarlett war für diese Feier völlig overdressed und stach deshalb besonders aus der Menge hervor.

Im Minutentakt wurde sie von betrunkenen Vollidioten angesprochen und musste mit ihnen anstoßen. Doch sie sprach – so war mein Eindruck – nur wenige Worte, und schon zogen sie bedröppelt von dannen, um sich ein neues Date zu ergattern.

Junge, benimm dich und nimm Haltung an!, kam es mir mahnend in den Sinn, und ich schwellte meine Brust, während ich meinen hängenden Kopf nach oben reckte. Immer wieder blickte ich zu ihr hinüber, aber sie nahm mich gar nicht wahr.

Komm schon, Matty, du schaffst das! Du bist der gut aussehende Star der Schule und verdammt clever, dachte ich weiter und fasste mir ein Herz.

Langsam ging ich auf Scarlett zu, doch irgendwie überkamen mich ein schlechtes Gefühl – eine Schwere, die ich normalerweise nur von einem Kater nach einer durchzechten Nacht kannte – und die Reue, wenn ich mich daran erinnerte, was ich wieder Dummes angestellt hatte.

Matty, du schwächelst. Trink! Trink, verdammt noch mal! Du musst lockerer werden!, brüllte mir mein gewiefter Verstand entgegen, und ich tat, was er mir befahl. Denn auch wenn er mit schmutzigen Tricks arbeitete, indem er so tat, als wäre er an meinem Wohl interessiert, blieb er ein Monster, das die Zerstörung liebte.

Ich trank meinen Becher in einem Zug leer, wischte mir mit dem Handrücken über die feuchten Lippen und stieß leise auf. Dann stellte ich mich so nah wie möglich neben Scarlett, ohne in ihre Komfortzone einzudringen. Von drinnen dröhnte der tiefe Bass aus den großen Boxen »Naughty Girl« von Beyoncé. Zuerst sah ich mich verlegen in der Gegend um – ein Charakterzug, der mir bisher fremd war –, doch dann trafen sich endlich unsere Blicke. Dabei bewegten sich ihre Lippen synchron zu dem Text.

O ja, ich will, dass du heute Nacht mein Naughty Girl bist!, kreiste es in meinem beschwipsten Kopf.

»H-Hey!«, stotterte ich geradeheraus. *Oh Mann!*

»Sitzt du nicht in meinem Geschichtskurs?«

»Richtig. Ähm ...« Ich bekam einfach kein vernünftiges Wort heraus. Es war wie verhext.

»Les montagnes devant nous sont magnifiques, n'est-ce pas? Je m'y sens vraiment bien!«, sagte sie plötzlich auf Französisch.

Ich verstand kein Wort und mir fiel nichts Blöderes ein als »Scarlett, wie wäre es mit Nachschub?«. Dabei schaute ich in ihren roten Becher, der höchstens noch zu einem Achtel gefüllt war, und dann drehte ich meinen eigenen Becher auf den Kopf, aus dem nur vereinzelte Tropfen auf den Terrassenboden fielen. Sofort bereute ich meine Unprofessionalität, denn meine Worte klangen, als hätte ich »Hey, lass uns schnell betrunken werden, dann wirke ich nicht mehr so bekloppt auf dich!« gesagt.

»Können wir gerne machen«, sagte sie, und ihre Worte klangen freundlich, womit ich in diesem Moment am wenigsten gerechnet hatte.

Wir schlenderten zur Küche hinunter und holten uns je eine Dose Budweiser. »Warum bist du in dieses Kaff gezogen, Scarlett?«, fragte ich forsch, aber eher aus der Dringlichkeit heraus, die peinlichen Pausen zu reduzieren.

»Habe mir viele Feinde gemacht, die mich gerne tot sehen wollen. Reicht das?«, erklärte sie mit ihrer durchdringenden Aura. Ihr Blick war ernst.

Ich erstarrte. Geradezu perfekt gelang es ihr, mich zu verunsichern. Ich kratzte mir an der Stirn. *Habe ich das soeben richtig verstanden, oder ist das Bier schlecht?*
»Ähm?«

»Du verstehst aber auch keinen Spaß. Du bist doch der coolste Typ an der Schule, der nichts anbrennen lässt – also zumindest munkeln das die ganzen Schülerinnen –, und du glaubst mir so einen Quatsch!« Dann lachte sie und ich fiel verhalten in ihr Lachen ein.

»Ich bin hierhergezogen, weil–«

»Heeey, du hast Scarlett klargemacht, megaaa, Bro!«, grölte mir der besoffene Clancy ins Gesicht. Er trug eine neongrüne Rillenbrille, sein Cappy saß verkehrtherum auf seinem Kopf und er trug einen Trainingsanzug. Clancy streckte mir die Faust entgegen, die ich aus Gründen der Peinlichkeit nicht erwiderte. Außerdem war er nicht mein Freund. Angepisst torkelte er weiter.

»Wie kommt er nur darauf, dass ich dich klargemacht habe?«, war die nächste dümmliche Frage, die ich nicht hätte stellen dürfen, deren Antwort mich aber ehrlich gesagt sehr interessierte. Ein Zwiespalt, der mich fertigmachte.

»Keine Ahnung, vielleicht weil ich mehr mit dir rede als mit den anderen?«

»Safe«, gab ich angestrengt von mir und schüttete bei dem Versuch, aus der Dose zu trinken, Bier über meinen Ärmel. *Mist!*

Während Scarlett eine Serviette von der Anrichte nahm und sie mir reichte, erzählte sie mir Folgendes: »Meine Eltern zogen mit mir, als ich noch ein Baby war, aus beruflichen Gründen nach Frankreich, doch jetzt sind wir in die Staaten zurückgekehrt, weil sich neue berufliche Perspektiven ergeben haben.«

Ich nickte und ging aufs Ganze: »Verstehe. Wollen wir uns woanders unterhalten? Hier ist die Musik zu laut!«

Scarlett nickte. Ein gutes Zeichen. Wir verließen das Haus im Gleichschritt und blieben am Straßenrand stehen, an dem die Autos in Scharen parkten.

Als ich meine volle Charmeoffensive starten wollte, die mir in der Vergangenheit so manchen Erfolg beschert hatte, fuhr sie mir mit freundlicher Bestimmtheit über den Mund. »Ich weiß, was du vorhast, aber mit heute Abend wird es nichts!«

Ertappt machte ich große Augen.

»Du hast mich richtig verstanden ... Matty!«, flüsterte sie mir mit ihrem warmen Atem ins Ohr und gab mir einen Kuss auf die Wange. Verdutzt verzog ich mein errötetes Gesicht, während sie sich umdrehte und sich auf den Weg zurück zur Party machte.

Wieso hat sie mich »Matty« genannt? »Bis Montag!«, rief ich ihr hinterher und hoffte, dass niemand mitbekommen hatte, wie cool sie mich hatte abblitzen lassen. Bevor sie im überfüllten Herrenhaus verschwand, nahm ich noch wahr, wie sie mir zuwinkte und sich mit den Worten »Au revoir!« verabschiedete.

Völlig verwirrt schüttelte ich meinen vernebelten Kopf und vergrub die Hände in den Hosentaschen. Wer war dieses geheimnisvolle Mädchen, das mich wahnsinnig machte? Eine Frage, die mich nicht mehr loslassen wollte. Ich machte mich besser auf den Heimweg.

Meine Eltern traf ich im Wohnzimmer an. Arm in Arm streamten sie gemütlich irgendeine oldschool Serie.

»War was?«, fragte mein Dad über die Schulter.

Mit vorgeschobenem Unterkiefer und einem Achselzucken erwiderte ich: »Ich glaube, dass ich für diesen Scheiß zu alt werde!« Was natürlich überhaupt nicht stimmte. *Niemals werde ich mit dem Partymachen aufhören!*

»Hast du das gehört, Sarah?«, sagte mein Dad mit erstaunter Stimme. »Unser Sohnemann wird langsam erwachsen.«

Beide lachten und aßen ihr Mikrowellen-Popcorn.

»Setz dich doch zu uns«, forderte mich meine Mom liebevoll auf und klopfte auf den Bezug des Sofas, doch ich wollte lieber allein sein.

In meinem Zimmer blies ich Trübsal. Aus Frust holte ich eine robuste Kiste mit Metallbeschlägen unter dem Bett hervor. Die Scharniere knarzten, als ich sie vorsichtig öffnete. Ein schwacher Duft von Alkohol stieg mir in die Nase. Neben einem halben Dutzend leerer Flaschen fand ich meinen letzten, in ein Tuch gewickelten Wodkavorrat und exte die halbvolle Flasche.

Merkwürdiger Morgen

Kapitel IV

Am Morgen kam ich kaum aus dem Bett, als Mom mich weckte. An Sonntagen erwartete mich stets ein opulentes Frühstück. Normalerweise freute ich mich auf das Rührei mit Speck, auf Waffeln mit Ahornsirup, frisches Obst und Orangensaft – wäre da nicht die Übelkeit, die mir der Alkohol bescherte und den ich gerade mit meinem ganzen Herzen verfluchte.

Ich raffte mich auf und der Raum um mich herum schwankte, als wäre ich auf einem Schiff auf dem Ozean mit hohem Wellengang. Zunächst entschied ich mich dagegen, das Laken glattzustreichen – anscheinend hatte ich mich in der Nacht stark gewälzt –, meine zerknitterte Decke zusammenzulegen und die Mulde aus meinem Kopfkissen herauszuklopfen.

Rasch duschte ich, zog mich an und setzte mir ein Cappy auf, den Schirm tief ins Gesicht gezogen, damit Mom meine rot unterlaufenen Augen nicht sah.

Als ich am runden Küchentisch Platz nahm, fiel mir auf, dass nur Dads grob gefaltete Tageszeitung mir gegenüber lag. Der Teller, das Besteck und die Tasse mit dem glänzenden Sternenemblem seines Polizeireviers waren bereits abgeräumt und standen abgewaschen auf dem Abtropfgitter neben der Spüle. Besser, dass er nicht da war und mir keine Moralpredigt darüber hielt, wie viele Teenager in Amerika statistisch gesehen jedes Jahr an den Folgen des Alkohols sterben.

»Ist Dad schon zur Arbeit gefahren?«, fragte ich Mom, die am Herd hantierte, und schüttete mir eine Tasse Kaffee aus der Glaskanne ein. Ich brauchte dringend Energie.

»Ja. Dieser Mord an Rusty Malone beschäftigt ihn sehr.«

»Hat die Mordkommission den Fall nicht zu den Akten gelegt?«

Mit nachdenklicher Miene blickte Mom aus dem Fenster. Die Sonne strahlte sanft auf ihr blondes Haupt: »Ja, sie konnten die Ungereimtheiten nicht lösen. Was für ein grausames Tier tut so etwas?«

Ich zuckte mit den Achseln, obwohl Mom dies nicht sehen konnte.

»Doch dein Dad tut alles dafür, dass so etwas *nie* wieder passiert«, erklärte sie. »Er hätte gerne eine Ausgangssperre verhängt, aber unser Mayor, Miss Sandberg, war strikt dagegen. Sie hasst es, wenn schlechte Presse über Everly Falls verbreitet wird!«

»Es ist kaum verwunderlich, dass dieser Drachen keinen Mann abbekommt. Wenigstens liegt ihr unser Wohl am Herzen!«, betonte ich ironisch und aß das Rührei mit Speck, das Mom mir hingestellt hatte, häppchenweise, damit mir nicht gleich alles wieder hochkam.

Mom lachte nicht, wie ich es erwartet hatte. Sie schien nachzudenken und zupfte an ihrer Schürze mit dem fein gewebten Blumenmuster.

»Alles in Ordnung?«, fragte ich sie.

Sie nickte zögerlich. »Dad und ich waren sehr beruhigt, dass du gestern Abend früh nach Hause gekommen bist. Tu mir einen Gefallen und pass bitte gut auf dich auf!«

»Ach Mom, du weißt doch, dass es bösen Menschen wie mir immer gut gehen wird!«, scherzte ich, ohne zu wissen, dass mir dieser Satz später zum Verhängnis werden sollte. Schnell senkte ich den Blick auf meinen Teller, als ich merkte, dass ich ihr nicht einmal ein Lächeln entlocken konnte. Ich war froh, dass es mir an diesem merkwürdigen Morgen allmählich besser ging und ich nicht mit meinem Kopf über der Kloschüssel hing.

Clancys Beerdigung

Kapitel V

In dieser Woche hatten Scarlett und ich nur Smalltalk gehalten. Die ständigen Blicke der anderen schienen sie mehr zu nerven als mich. Ich war es mittlerweile gewohnt, im Mittelpunkt zu stehen. Sie richtig einzuschätzen, fiel mir allerdings immer noch schwer.

Ungewöhnlich war es, dass am Freitag überraschenderweise der gesamte Unterricht ausfiel. Eigentlich gab es nichts Schöneres, wenn der Anlass nicht so schockierend gewesen wäre: Clancy Hastings, der Partykönig von Everly Falls, war am späten Donnerstagabend vom Hausmeister tot aufgefunden worden. Jemand hatte Clancy am Fahnenmast der Highschool aufgespießt.

Mit Hochdruck verhörte mein Dad den ganzen Tag lang alle Lehrkräfte, die Schüler und den traumatisierten Hausmeister in einem eigens dafür eingerichteten Klassenzimmer. Wieder einmal ohne handfestes Ergebnis. Mich nahm er nicht ins Visier, weil ich sein Sohn war, dem er eine solche Tat nicht zutraute. Ein Scheinalibi, das sich nicht gut anfühlte. Von allen Seiten musste ich mir anhören, dass der Sohn des Sheriffs mit Samthandschuhen angefasst wurde.

Mir tat Clancy leid, und mittlerweile beunruhigte es mich, dass wir einen eiskalten Killer in der Stadt hatten, der Superman-Kräfte haben musste. Die Vermutung, dass ein Raubtier die Menschen bestialisch abschlachtete, war nun vom Tisch. Aber welcher Mensch hatte unzählige kleine spitze Zähne in seinem Mund und war so stark, den übergewichtigen Clancy nicht nur über die Schulter zu heben, sondern ihn hinauf an die Spitze des Fahnenmastes zu bringen – es sei denn, es handelte sich um einen mörderischen Clan. Das Football-Team konnte so etwas sicher bewerkstelligen. Schnell verwarf ich diesen Gedanken wieder, denn niemand hatte sich wirklich feindselig gegenüber dem Toten gezeigt. Clancy hatte doch nur Partys geschmissen, war ein bisschen gewöhnlich gewesen und viele hatten ihn wegen seines Reichtums beneidet, aber ermorden? Niemals! Wer sollte so verrückt sein?

Mein Dad wurde mittlerweile von den Bürgern nicht mehr ernst genommen und steckte unheimlich viel Kritik ein, weil die Stadt nicht mehr sicher war. Musste auch dieser Fall zu den Akten gelegt werden, weil die böse Seite zu clever war, um eine eindeutige Spur zu hinterlassen?

»Nimmst du mich mit?«, fragte mich Scarlett am Tag der Beerdigung. Schließlich kannte sie sich noch nicht so gut in diesem Kaff aus, und ich sah es als Herausforderung, sie in ein tiefergehendes Gespräch zu verwickeln.

Wir fuhren mit dem 1966er Ford Mustang Cabriolet meines Dads, was sie allem Anschein nach beeindruckte.

»Schrecklich mit Clancy, nicht wahr?«, sagte sie ernst und strich sich über ihr pechschwarzes Etuikleid.

»Ja, bereits der zweite Mord! Hier sterben die Leute lediglich an Herzversagen oder vor Langeweile, aber doch nicht so! Du warst es nicht, oder?«, fragte ich in meiner gelegentlich makabren Art und unernst in dieser – sagen wir es mal ehrlich – beschissenen Situation.

Ihre Haare wehten im Wind des offenen Verdecks. »Fändest du mich dann heiß?«

»Nein!« Ich schüttelte rigoros den Kopf.

»Es ist wirklich leicht, dich zu verunsichern!« Scarlett konnte sich ein Schmunzeln nicht verkneifen und ich spürte, wie Nervosität in mir hochkroch. Schließlich spiegelte sie mir wider, dass ich nicht der Typ war, der jede Situation unter Kontrolle hatte.

Nach der langweiligsten Beerdigung meines Lebens, ein paar Tränen der Eltern und einer durchaus gefühlvollen Rede des Schulleiters Dr. Monroe war es vorbei. Ich fuhr

Scarlett nach Hause und mir wurde schmerzhaft bewusst, dass die gigantischen Partys für immer vorbei waren.

»Wenn du über die Sache sprechen möchtest, bin ich für dich da!«, sagte Scarlett mit einer Zartheit, die ich sonst nur von meiner Mom kannte. Es schien ihr wirklich am Herzen zu liegen, dass es mir gut ging. Ich hielt am Straßenrand, umarmte sie und fragte voller Offenheit, ob sie mich besser kennenlernen wolle. In diesem Moment berührte sie sanft meine Hand.

»Natürlich möchte Scarlett Blackwood den süßen Matthew Bennett kennenlernen.«

Für mich fühlte es sich so an, als ob zwischen uns ein großer Eisklotz geschmolzen wäre.

»Meine Eltern arbeiten gerade«, fuhr sie fort, »Sie kommen erst am Abend wieder heim. Wenn du verstehst ...«

Das ließ ich mir nicht zweimal sagen. Der alte Matty mit dem Charme, dem absolut niemand widerstehen konnte, war zurück. Ich fuhr die letzten Yards, parkte den Ford halb auf dem Bordstein vor ihrem Haus und stellte den Motor ab. Plötzlich küsste sie mich und ich wusste nicht, wie mir geschah.

»Wir haben gerade eine Beerdigung hinter uns!«, grätschte ich dazwischen und ärgerte mich, dass mein dämlicher Verstand nicht einmal während eines Kusses ruhen konnte.

Statt etwas zu erwidern, schwang sich Scarlett auf meinen Schoß, küsste meinen Hals und fuhr mit ihrer Hand in meine Hose. »Sollen wir nicht reingehen?«, hauchte sie außer Atem.

Meine einzige Antwort schien ein albernes Wackeldackel-Nicken zu sein, was sie zum Lachen brachte.

Mit ihrer freien Hand öffnete Scarlett die Beifahrertür, ließ von mir ab, stieg aus und tanzte eine Pirouette. Verspielt und einfach wunderschön. »Est-ce que mon corps te plaît?«, fragte sie über die Schulter hinweg.

Ich bekam keinen Ton mehr heraus.

»Ich habe dich nur gefragt, ob dir mein Körper gefällt?«

»Safe!« Das war untertrieben! Sie brachte mich um den Verstand und ich wollte sie um jeden Preis.

So betraten wir das strahlend blaue Haus in der 123 Whispering Willow Lane und hatten hemmungslosen Sex. *Danke, Clancy!*, dachte ich nur und hoffte, dass er uns vom Himmel aus nicht beobachten konnte.

Übles Spiel

Kapitel VI

Ich tat es schon wieder! Eigentlich mag ich meine dunkle Matty-Seite nicht, aber was soll ich gegen meine DNA tun? Nach dem Techtelmechtel mit Scarlett ignorierte ich sie konsequent. Natürlich war ich total verliebt in sie, aber lieben? Oder tat ich das bereits? Der Gedanke, in meinen besten Jahren eine feste Bindung mit ihr einzugehen, war für mich einfach undenkbar.

Ständig versuchte sie mich auf den Fluren der Highschool festzunageln, doch ich wich ihr geschickt aus. Dann fehlte sie anderthalb Wochen lang und ich hasste mich dafür. *Warum bin ich nur so ein verdammtes Arschloch?*

Das schlechte Gewissen plagte mich. Ich hoffte inständig, dass sie sich meinetwegen nichts angetan hatte. Und so entschied ich mich, zum strahlend blauen Haus zu fahren, in dem wir neulich so viel Spaß gehabt hatten.

Als aufrichtige Geste hatte ich in der Nacht im Nachbarsgarten Sonnenblumen gepflückt und sie zu einem schönen Strauß gebunden, in der Hoffnung, dass ich mich für eine Entschuldigung nicht um Kopf und Kragen reden musste – darin war ich ziemlich mies.

Mit Erstaunen stellte ich fest, dass Scarletts Haus mit einem ausgeblichenen Rot ummantelt war. War ich so triebgesteuert, dass ich mich in der Farbe geirrt hatte? Außerdem war der Zaun des Anwesens rostig und das Unkraut stand hoch. Mein Verstand suggerierte mir, dass hier schon seit Jahren niemand mehr lebte. Ungläubig vergewisserte ich mich am Straßenschild und an der Hausnummer: Definitiv war das hier vor mir die 123 Whispering Willow Lane!

Mir wurde erst heiß und schließlich kalt, als ich die zerbrochene Scheibe im Küchenfenster sah. Ich befürchtete das Schlimmste und ließ den Blumenstrauß auf den Bordstein fallen. Nicht dass sich der oder die Mörder auf Scarlett gestürzt hatten! Ich machte mir bittere Vorwürfe und malte mir aus, dass ich besser bei ihr gewesen wäre und wahrscheinlich dafür verantwortlich war, dass sie und ihre Familie tot waren.

Wie ein wild gewordener Affe klopfte ich an die Haustür und rüttelte am zerkratzten Knauf. Zu meiner Überraschung war nicht abgeschlossen, und so ging ich hinein. Bereits bei der kleinsten Bewegung knarrte die Tür unheilvoll.

Mir fiel die Kinnlade herunter, als ich in die leeren Räume mit ihren dunklen Ecken und den vor den Fenstern hängenden, verstaubten Vorhängen blickte. Weder

Möbel, Teppiche noch Lampen waren in dieser unheimlichen Stille vorhanden. Das Einzige, das ich ausmachen konnte, waren gut gewobene Spinnfäden und große Schimmelflecken an den abblätternden Tapeten.

Der leblose Flur, in dem eine gewundene Treppe ins nächste Stockwerk führte, war mir am besten in Erinnerung, weil sich dort oben Scarletts Zimmer befand. Ich lauschte, doch nicht das geringste Geräusch war zu vernehmen. Hier wohnte tatsächlich niemand mehr.

Hatte der Alkohol bereits so heftige Spuren in meinen Erinnerungen hinterlassen? Nachdenklich fuhr ich nach Hause, setzte mich auf mein Bett und starrte an die Decke. Hunger verspürte ich bis zum Abend nicht, und so schlief ich, meinen Gedanken nachhängend, einfach ein.

Obwohl ich mich kränklich fühlte, ging ich am nächsten Morgen dennoch zur Schule. Ein persönliches Gespräch unter vier Augen, nicht telefonisch und schon gar nicht per Textnachricht, mit Lucas musste sein. Er würde mir bestätigen, dass ich nicht verrückt war.

Ich entdeckte meinen Freund, als er gerade den Geschichtskurs betrat. Einige meiner Football-Teamkameraden standen um Scarletts Platz herum. Neugierig quetschte ich mich dazwischen. Scarlett schluchzte und schniefte in ein Taschentuch. Sie war blass und an ihrem

Hals bemerkte ich Würgemale. Ihr Anblick erschreckte mich.

»Wer hat dir das angetan?«, fragte der bepickelte Quarterback Roger Grimshaw, der gefühlt eine ganze Tube Gel in seinen Haaren hatte. Zögerlich blickte Scarlett zu mir auf und deutete, ohne ein Wort zu sagen, mit dem Finger in meine Richtung.

Wütend raunte die Horde und nahm mich ins Visier. Sie schlugen und traten so hart zu, dass ich mich nicht erklären konnte und einen halben Tag im Evergreen Valley Hospital verbrachte. Ohne Lucas' schützendes Eingreifen hätte ich nicht nur eine Platzwunde an der Stirn, die mit vielen Stichen genäht werden musste, und ein paar blaue Flecken, die meinen Körper zierten, ich hätte vermutlich deutlich schwerere Verletzungen davongetragen.

Leider blieben mir bei all den Untersuchungen neurologische Tests nicht erspart. Zusammen mit meiner Mom wartete ich auf die Ergebnisse und hoffte, dass ich nur eine Gehirnerschütterung hatte.

»Matty, warum hast du das dem Mädchen angetan?«, fragte sie vorwurfsvoll.

»Ich habe ihr nichts getan! Glaub mir!«

»Matty, du trinkst. Das wissen wir. Und das gefällt uns gar nicht! Ich habe die Kiste unter deinem Bett gefunden.«

Ich seufzte nur.

»Und du kiffst! Dein Marihuana war in der Sparbüchse versteckt! Willst du deine Zukunft ruinieren?«

»Nein, Mom!«, antwortete ich entschieden.

»Wahrscheinlich wird dein Dad vor Gericht ein gutes Wort für dich einlegen müssen. Du kannst froh sein, wenn du mit einer Geldstrafe davonkommst oder ein paar Sozialstunden ableisten musst. Entschuldige dich einfach bei Scarlett und halte dich in Zukunft von ihr fern.«

»Ich habe nichts getan, verdammt noch mal!« Ich atmete tief durch, konnte mich jedoch nicht beruhigen. »Eigentlich müsste ich Scarlett und die anderen anzeigen!«, brüllte ich und brachte damit das rege Treiben der Patienten und der Schwestern auf dem Flur zum Erliegen. Stille breitete sich aus. Jetzt hatte ich die volle Aufmerksamkeit aller Anwesenden.

Ein paar Sekunden später eilte mein Dad in Uniform herbei, was die Situation verschärfte.

»Matthew, Dr. Hawthorne hat zugestimmt, dass ich dich kurz mit nach draußen nehmen kann. Für mich ist es erträglicher, wenn mein Kollege Dave den Angriff auf dich protokolliert. Es steht dir frei zu schweigen, falls du dich mit einer Aussage selbst belastest, aber lüge ja nicht! Außerdem benötigen wir deine Fingerabdrücke! Verstanden?«, sagte er mit Bestimmtheit, doch in seiner Stimme schwang Scham mit, denn sein Ansehen in Everly Falls war jetzt noch mehr angekratzt.

»Von mir aus gerne! Ich habe *nichts* zu verlieren!«, erwiderte ich trotzig, stellte mich aufrecht hin und folgte meinem Dad, während meine Mom mit Tränen in den Augen einige Schritte hinter uns folgte. Ein übles Spiel war gegen mich im Gange!

Das Monster

Kapitel VII

»Dad! Ich habe sie nicht angerührt! Wie oft soll ich das noch sagen?«, wehrte ich mich, als ich am Frühstückstisch bei meinen Eltern stand. Mit vorgebeugtem Oberkörper stützte ich mich am runden Tisch ab, mein Kopf mittig unter der rustikalen Pendelleuchte. Mein Hals war rot und angeschwollen, so angestrengt hatte ich geweint. Das letzte Mal, dass ich so viele Tränen vergossen hatte, war mit zwölf gewesen, als ich mir den Arm gebrochen hatte. Damals war ich noch naiv genug zu glauben, ich könnte mit dem Skateboard den Profisportler Tony Hawk auf einer Halfpipe nachahmen.

»Am Bluterguss von Scarletts Hals wurden deine Fingerabdrücke gefunden! *So* habe ich dich nicht erzogen!«, entgegnete mein Dad wütend und zeigte verächtlich auf mich. »Wie kann das sein?«

»Bösen Menschen wie dir wird es immer gut gehen!, so in etwa lauteten doch deine Worte, Matty! Marsch auf dein Zimmer!«, mischte sich meine Mom ein. Sie war enttäuscht von mir, und das schmerzte. Doch ich war unschuldig! Dringend musste ich einen Weg finden, um es beiden zu beweisen.

Wie ein bockiges Kind haute ich erst mal ab, besorgte mir an der Tankstelle Wodka – es war ganz einfach, weil ich älter aussah, als ich war – und hatte nicht vor, die Nacht zu Hause zu verbringen. Es war kaum auszuhalten, dass meine Eltern mir nicht glaubten und mir ungerechterweise dieses beharrende Unverständnis entgegenbrachten.

Ich wanderte die dunklen Straßen entlang. Kühler Wind fuhr mir durch das Haar. Der Herbst war bereits deutlich spürbar. Ständig blickte ich mich um, aus Angst, der Nächste zu sein, den sie tot auffanden. Zumindest müsste ich dann nicht mehr zur Schule gehen. Scarletts gekränkter Stolz und ihre furchtbare Inszenierung würden mir ohnehin nur noch mehr Probleme bereiten. Ich blieb dabei, dass ich ein Opfer dieser Intrige war und mich wohl noch lange mit Sprüchen wie »Matty, der Gewalttätige!«, »Haltet euch von dem Säufer fern!« und »Ein Wolf im Schafspelz!« herumschlagen müsste.

Zwar kam mir der bedrückende Gedanke in den Sinn, dass ich eine gespaltene Persönlichkeit haben könnte, die sich einfach nicht an bestimmte Handlungen erinnern konnte, wie das angebliche Würgen von Scarlett. Ich spann diesen Gedanken weiter: *Könnte diese dunkle Seite von mir auch für die Morde verantwortlich sein?*

Schnell verwarf ich all diese düsteren Gedanken, die mir eine Heidenangst einjagten. Es beruhigte mich ein wenig, dass mein Bauchgefühl mir sagte, dass an der Sache etwas faul war. Zwar war ich kein Engel, ich war aber auch weit davon entfernt, ein Teufel zu sein.

Als ich nach einer Weile den nebligen Serenity Lake vor mir sah, setzte ich mich ans Ufer und trank gegen jede Vernunft große Schlucke aus der Flasche, um meine grausamen Gefühle zu betäuben. Dabei fiel mir ein, dass an diesem Ort mein Drogendealer Rusty Malone bestialisch unter dem Gezirpe der Heuschrecken ermordet worden war.

Ich musste einen Plan schmieden, um meine Unschuld zu beweisen und meinen Ruf wiederherzustellen. Andernfalls müsste ich wohl meine Sachen packen und in eine andere Stadt ziehen.

In dieser Zeit grübelte ich sehr viel über mein Verhalten und die ungewisse Zukunft. Ich zermarterte mir regelrecht das Gehirn. Sollte ich wirklich noch Informatik studieren? Die Antwort war ein klares »Ja!«. Schließlich wollte ich die ganze Welt und jeden einzelnen Menschen verstehen lernen – und das wäre möglich, wenn ich mich überall, auch in behördliche Belange, hineinhacken könnte. Die düsteren Geheimnisse der Menschen waren sicherlich irgendwo digital gespeichert, sei es im World Wide Web oder im Darknet. Von Scarlett wollte ich ja auch nicht nur ihren Künstlernamen kennen, sondern herausfinden, wer dieses Dreckstück war.

Als ich im Mondschein auf das Seeufer starrte, lag dort ein rosa Ballettschuh, halb im Sand vergraben.

Was hat der hier zu suchen?, fragte ich mich, während eine meiner Augenbrauen nach oben schnellte. Neugierig nahm ich den aus Leder und Satin gefertigten Schuh in die Hand. Er war verdreckt und durchweicht. Als ich ihn an meine Nase führte, roch er nach Moos. Mir schoss der Gedanke durch den Kopf, dass der Schuh Scarlett gehören könnte.

Immer schwerer fiel es mir, die Augen offen zu halten, als plötzlich eine schattenartige Gestalt neben mir Platz nahm. Ich erschrak.

»Matty. Es tut mir leid, dass ich dir das angetan habe, aber du hast mich verarscht!« Es war Scarlett und ihre Worte fühlten sich an wie ein Schlag in die Magengrube. »Fangen wir doch noch einmal von vorne an. Was sagst du?« Ihre Stimme klang liebevoll, als sie mir den Schuh aus der Hand nahm und ihn über ihren nackten Fuß streifte. Die Szenerie wirkte surreal. Wie ein Traum, nur dass er sich echt anfühlte.

»Du hast mir immer noch nicht verraten, woher du weißt, dass mich meine Freunde ›Matty‹ nennen.«

»Das bleibt mein Geheimnis!«, antwortete sie sanft und ging nicht weiter darauf ein. Stattdessen zeigte sie mir stolz ihr Ballerinakleid, das dieselbe rosa Farbe hatte wie ihre Schuhe. »Also, fangen wir noch mal von vorne an?«, wiederholte sie und strich mir sanft über das Haar.

Angewidert wandte ich mich ab. »Niemals! Du hast meinen Ruf ruiniert!«, antwortete ich und blickte betrunken in den Nebel. Kurz konnte ich die Oberfläche des Sees erhaschen und darin das Spiegelbild meines traurigen Gesichts sehen. Doch Scarlett saß nicht neben mir. Ich war allein!

Zunächst dachte ich mir nichts dabei und fragte sie, ob sie sich in ihrer Aufmachung nicht albern vorkomme. »Du gehst jetzt besser nach Hause, wo du dir weitere Gemeinheiten gegen mich ausdenken kannst«, grollte ich.

Schallend lachte sie, doch ihr Lachen wurde dunkler, fast wie das eines Monsters. Ich drehte mich um und starrte in ein riesiges Maul mit tausend spitzen Zähnen, zwischen denen sich eine monströse, verwachsene Zunge befand.

Aufgewühlt wachte ich auf. Es war Morgen und mein Kopf dröhnte. *Ich werde niemals wieder trinken!*, schwor ich mir hoch und heilig, bevor ich die nur noch zu einem Fünftel gefüllte Flasche Wodka in den Sand ausleerte und sie anschließend mit voller Wucht in den See warf.

Ein Hinweis?

Kapitel VIII

Torkelnd machte ich mich auf den zwei Meilen langen Weg nach Hause. Meine Jeanshose und meine Footballjacke waren voller Sand, und ich verspürte ein dringendes Bedürfnis zu duschen.

Inständig hoffte ich, dass meine Eltern sich endlich beruhigt hatten. Doch die Tatsache, dass ich die ganze Nacht ferngeblieben war und an diesem Tag auch die Schule nicht besuchte, würde mit großer Sicherheit zu einem weiteren Anfall von Vorwürfen führen – was ich ihnen schlecht verübeln konnte.

Noch bevor ich die Haustür aufschloss, öffnete sie sich wie von Zauberhand. Man hatte mich natürlich erwartet.

»Warum, Matty?«, klagte meine Mom im Morgenmantel.

»Müssen wir das hier draußen klären?«, erwiderte ich. Mir war das Ganze ziemlich peinlich, und ich wollte einfach nur rein, damit kein Nachbar das Trauerspiel mitbekam und noch mehr über mich getuschelt wurde.

Meine Mom zog die Nase kraus. »Du hast wieder getrunken! Man riecht es bis hierhin.«

»Ja«, erwiderte ich leise und presste verlegen die Lippen aufeinander.

In diesem Moment tauchte mein Dad an der Türschwelle auf und drängte Mom beiseite. »Freundchen!«, schimpfte er und zog mich am Ohr in mein Zimmer. Tränen sammelten sich in meinen Augen, und ich fühlte mich wie ein wehrloses Kind. Schließlich war Dad ein Bulle, der mich locker zum Krüppel schlagen konnte.

Als er endlich mein inzwischen heiß gewordenes Ohr losließ, sackte ich auf meinem Bett zusammen.

»Ich soll dir von Dr. Monroe ausrichten, dass du für zwei Wochen von der Schule suspendiert bist. Und denk nicht einmal daran, jemals wieder Football zu spielen!«, verkündete er.

»Vielleicht ist es sowieso das Beste, wenn ich der Schule fürs Erste fernbleibe«, entgegnete ich. »Scarlett ist ein Psycho!«

»Das nette Mädchen hat nicht einmal Anzeige erstattet! Was bildest du dir eigentlich ein? Ich habe die ganze Nacht damit zugebracht, dich zu suchen, und kann jetzt total übermüdet zur Arbeit fahren. Dabei habe ich zwei Morde aufzuklären, die mehr Priorität haben, als dein dummes Verhalten wieder geradezubügeln! Hätte ich nicht so ein tolles Team, das mir auch mal den Rücken freihält, dann könn–«

»Herzlichen Glückwunsch, Dad!«, unterbrach ich ihn. »Freue dich doch einfach, dass deine heile Welt noch funktioniert, und ziehe die Falschparker zur Verantwortung. Da bist du besser aufgehoben!« Mir war klar, dass das zynisch klingen musste, und ich riskierte, dass er womöglich ausrastete, doch er atmete besonnen durch. »Jetzt pass mal auf: Du wirst dich in den nächsten zwei Wochen ausschließlich aufs Lernen konzentrieren. Ich rufe gleich in der Schule an und lasse ausrichten, dass dir jemand nach dem Unterricht die Aufgaben vorbeibringt. Du gehst aufs College und wirst wieder ein anständiger Mensch!«

Die Lust auf eine Antwort war mir vergangen.

»Und wenn du noch einmal trinkst, dann jage ich dir höchstpersönlich eine Kugel zwischen die Augen!«, drohte mein Dad und drückte seinen Zeigefinger gegen meine genähte Stirn, sodass mein Hals schmerzhaft überstreckt wurde.

»Verstanden!«, antwortete ich ernst, wie ein Soldat, der Druck von seinem Oberbefehlshaber bekam. Zum ersten Mal in meinem Leben hatte ich wirklich Angst vor meinem Dad. Dann schlug er die Tür so fest zu, dass meine Football-Trophäen und die kleine Zimmerpflanze aus meinem Bücherregal auf den beigefarbenen Teppich fielen. Jetzt konnte ich erst einmal alles aufheben und sauber machen.

Am späten Nachmittag kam Lucas vorbei – glücklicherweise nicht einer dieser Idioten aus meinem Football-Team –, um mir die Schulaufgaben zu bringen.

Erst bedauerte Lucas die Narbe an meiner Stirn, die ich geflissentlich ignorierte, dann starrte er fragend auf den Bildschirm meines Laptops, auf dem zahlreiche Internetseiten geöffnet waren. Schließlich zündete er sich eine Zigarette an.

Während ich den stinkenden Rauch des glühenden Tabaks wegwedelte, öffnete ich das Fenster und erzählte ihm, dass ich mir erneut die Zeit damit vertrieben hatte, den Künstlernamen von Scarlett Blackwood herauszufinden. Lucas erfuhr, dass ich viele internationale Tanzwettbewerbe durchforstet hatte, um ein verräterisches Foto von ihr zu entdecken.

»Fehlanzeige!«, schloss ich.

»Fehlanzeige?«

»Ja! Scarlett gibt es nicht mal mit ihrem richtigen Namen. Offensichtlich hat sie etwas ganz Übles zu verbergen!«

Lucas empfand meine Schlussfolgerung zwar als schlüssig, gleichzeitig schreckte ihn meine neurotische

Art ab. Immerhin brauchte ich ihm nicht zu beweisen, dass ich keine Hand an Scarletts Hals gelegt hatte, auch wenn er mich als »Matty« kannte, der gerne mal die Fäuste fliegen ließ, wenn er sich in dem ein oder anderen Moment behaupten musste.

Wir setzten uns an meinen Laptop und recherchierten eine Weile nach den Morden in unserem Städtchen. Vielleicht gab es ja etwas, das Dad und die Mordkommission übersehen hatten. Als ich die Schlagworte »Everly Falls«, »Mord« und die Namen der Toten eingab, fiel mir zunächst nicht auf, dass ich in der Suchleiste den Begriff »Ballerina« nicht gelöscht hatte.

Überraschenderweise stießen wir auf einen sehr alten Artikel aus dem achtzehnten Jahrhundert, genauer gesagt vom 18. Juni 1766 – zehn Jahre vor der Unabhängigkeitserklärung –, der von einer Legende berichtete. Diese besagte, dass eine grazile, wunderschöne französische Dame die Bürger der Stadt erst in ihren Bann gezogen und dann ins Chaos gestürzt hatte. Viele Menschen waren nach ihrem Auftritt in der örtlichen Fallsview Community Hall brutal getötet worden. Dieses Erlebnis hatte ein gewisser Elias Whitmore in einem Gedicht verarbeitet, bevor er einsam in seiner Hütte in den Rocky Mountains verstorben war.

»Halte mich nicht für verrückt, Lucas, aber ich glaube ...«, begann ich.

»Ach, Matty! Du bist nicht nur verrückt, nein, du bist wahnsinnig, aber das liebe ich an dir! Ich vermute mal ganz stark, dass du Scarlett Blackwood nicht nur hinter den Morden von Rusty und Clancy vermutest, sondern dass sie bereits Jahrhunderte zuvor Menschen in diesem Städtchen getötet hat, stimmt's? Dabei finde ich sie ehrlich gesagt sehr zierlich, und sie müsste doch mittlerweile einen ganzen Haufen Falten haben!« Lucas konnte sich ein Grinsen nicht verkneifen.

»Bro, erst seit sie da ist, gibt es die Morde, das können wir so weit festhalten!«, beharrte ich.

»Das sind doch keine Beweise!«

»Sie ist auch eine Ballerina! Außerdem habe ich letzte Nacht von ihr geträumt. Sie sah aus wie ein Monster!«

»Das macht die Sache nicht glaubwürdiger.«

»Ehrlich, du klingst wie mein Alter!«, stöhnte ich. »Lass uns gleich zum Stadtarchiv aufbrechen!«, schlug ich vor, als ich auf die stilvolle Wanduhr mit ihrem minimalistischen Ziffernblatt spähte. »Das schließt in weniger als einer dreiviertel Stunde, und bis dahin brauchen wir mindestens zwanzig Minuten – wenn wir rennen!«

»Rennen?!«, antwortete er abgeneigt und schnippte den Zigarettenstummel aus dem Fenster.

»Ja, weniger Rauchen und ein bisschen mehr Sport würden dir wirklich guttun«, zog ich Lucas auf und klopfte auf seinen Bauch. »Ist das Bauchspe–«

»Bei mir? Wo?«, fragte er verwundert und tastete sich selbst ab.

»War nur Spaß, also wie sieht's aus?«

»Ich weiß nicht. Außerdem, willst du noch mehr Ärger bekommen, als du bereits hast?«, warnte mich Lucas.

»Schlimmer kann es nicht kommen. Tu so, als würdest du dich verabschieden, und ich sage meiner Mom, dass wir alle zusammen essen, wenn Dad spätabends wieder da ist. Sie kommt nicht rein, wenn sie glaubt, dass ich akribisch für einen guten Abschluss lerne«, erklärte ich.

»Meinetwegen, aber wenn dein Dad mich einbuchtet, kannst du was erleben!«, mahnte Lucas nicht ganz so ernst mit erhobenem Zeigefinger.

»Ich mache alles wieder gut«, versprach ich ihm in dem Versuch, ihn endgültig auf meine Seite zu ziehen.

»Wie das Dichthalten meinerseits, als du Rusty krankenhausreif geschlagen hast? Oder dass ich verhindern konnte, dass unsere Mitschüler dich über den Jordan schicken?«

»Nicht so laut!« Ich duckte mich weg und sprach leise weiter: »Safe! Komm, lass uns die Morde aufklären! Nicht auszudenken, wenn Scarlett darin involviert wäre und Dad ausgerechnet auf sie große Stücke hält!«, schloss ich mein Plädoyer mit einem handfesten Plan.

Als Lucas aus meinem Zimmer spazierte, um meiner Mom vorzuspielen, dass er jetzt schnell nach Hause müsse, erwiderte er ganz beiläufig in meine Richtung: »Das denke ich nicht von deinem Dad. Er ist ein guter Sheriff, vielleicht sogar der beste, den wir jemals in Everly Falls hatten!« Seine liebevollen Worte ehrten ihn doppelt und dreifach.

Das Stadtarchiv

Kapitel IX

Die viktorianische Ära hauchte dem Stadtarchiv eine geheimnisvolle Ausstrahlung ein. Lucas und ich spürten das, als wir außer Atem durch die massive Drehtür stolperten. Der muffige Geruch alter Bücher hing in der Luft, während wir die griesgrämige Dame mit struppigen weißen Haaren am Empfang anstarrten.

Die Archivarin blickte über ihre kleine, randlose Brille hinweg auf die Armbanduhr. »Wir schließen gleich!«, sagte sie. Ihre Stimme klang vergrämt.

»Können Sie uns bitte sagen, wo wir die Werke von Elias Whitmore finden? Er soll im achtzehnten Jahrhundert hier in unserer Stadt ein Gedicht über eine Ballerina verfasst haben«, sagte ich höflich, woraufhin Lucas mit großen, verschwörerischen Augen ungeduldig ergänzte: »Das ist so ein ... Horrormärchen!«

Die Archivarin lehnte sich in ihrem quietschenden Bürostuhl zurück, grübelte kurz und korrigierte uns scharf: »Ach, Sie meinen diese uralte Legende eines trostlosen Dichters!«

Bevor Lucas ihr einen unpassenden Spruch drücken konnte, mischte ich mich mit »Ja, genau die!« ein.

»Moment!« Sie dehnte das Wort vollumfänglich aus. Dann tippte sie langsam, aber beständig etwas mit ihren beiden Zeigefingern in die Tastatur. Dabei glitt ihr Blick immer wieder zu dem Display des veralteten Monitors, vor dem sie saß. Wenige Sekunden später zog sie murmelnd eine Schublade ihres Schreibtisches auf und holte daraus einen Ring mit unzähligen Schlüsseln hervor. »Meine Herren, folgen Sie mir!«, sagte sie und erhob sich.

Trotz ihres fortgeschrittenen Alters bewegte sich die Archivarin eifrig, wenn auch mit steifen Beinen durch die verwinkelten Gänge, an fein säuberlich ausgestellten Aktenordnern, Büchern, Fotografien, Karten und Zeitungen vorbei.

Nachdem wir tief in das Gebäude vorgedrungen waren, blieb sie vor Regal 17 stehen. In einem gläsernen Kasten mit eingefasstem Schloss lag das gesuchte Pergament. Das Klackern, während die Archivarin den richtigen Schlüssel suchte, war deutlich zu hören.

»Das Gedicht ist ja besser abgesichert als unser Haus«, flüsterte mir Lucas scherzhaft ins Ohr. Doch bevor ich darüber lachen konnte, unterbrach uns die Archivarin. »Warum auch immer, Mr. Whitmore war besessen von der Forderung, es sicher aufzubewahren«, erklärte sie mit einem Seitenblick, der ihr Hörgerät entlarvte, während sie das Schloss entriegelte. »Ich werde das historische Dokument herausnehmen, allerdings dürfen Sie es nicht berühren. Sie können aber ohne die störende Spiegelung des Glases ein Foto für Ihre Schularbeit machen. Ich vermute ein Referat! Nicht wahr?«

Ich nickte zustimmend, Lucas tat es mir gleich. Schnell machte ich ein Foto, doch die geschwungene Schrift auf dem Pergament konnte ich kaum lesen.

»Brauchen Sie *noch* etwas?«, tönte die alte Dame genervt, wobei sie ihre überkronten Zähne entblößte.

Mit einem verhaltenen Lächeln schüttelte ich den Kopf. »Danke, das war alles.«

Gemeinsam kehrten wir in den Empfangsbereich zurück. Lucas hatte eine Idee, wie wir den Text entziffern konnten. Es gab eine App, die altertümliche Schriften lesbar machte; sie lud auf meinem Smartphone so schnell herunter, wie es der miese Empfang zuließ. Noch bevor wir das Gebäude verließen, war das Gedicht dekodiert, und aus reiner Neugier trug ich Lucas das Geschriebene vor:

La Danseuse Démoniaque

Durch des großen Berges Tor
stieg ein engelsgleiches Wesen empor.

Hold und rein, im Ballett ganz fein,
nahm sie die Stadt in Kurzweil ein.

Ihre Ahnen, so ihr Sprachgebaren,
waren dem Französisch erhaben.

Im Truges Glanz wurde es klar,
was für ein Wesen sie wirklich war.

Gierend nach Fleisch, war ihr Geheiß,
entblößte die tödlichen Zähne gleich.

Wie der Sirene des Seemanns Untergang,
fraß sie ohne Maß mit einer Portion Drang.

Hinein kroch sie satt in des Berges Tor zurück,
suchte des tiefen Schlafs Glück.

Doch wie lange würde sie ruhen,
um erneut ihr Gräuel zu tun?

Eines Teufels Bann ließ die Stadt vergessen,
außer mir, denn ich war besessen.

Auch ein Ungeheuer in mir schlief,
so musste ich verfassen diese Art Brief.

Wisse. So trägst auch DU die Schuld umher,
die Liebe zu leugnen war sichtlich schwer.

E. Whitmore

Mir fiel die Kinnlade herunter, denn ich war fassungslos. Es war offensichtlich, welche Parallelen dieser Text zu der mysteriösen Scarlett hatte. »Was denkst du darüber?«, fragte ich Lucas.

»Lass uns das lieber draußen besprechen«, flüsterte er und deutete diskret auf die finster dreinblickende Archivarin.

»Einen schönen Abend noch, Ma'am!«, sagte ich höflich und wandte mich von ihr ab.

Natürlich erhielten wir keine Antwort.

Bevor ich michs versah, steckte die Drehtür fest. Verwirrt rüttelte ich daran, während die alte Dame misstrauisch zu uns herüberblickte.

»Was ist los?«, fragte sie.

»Sie klemmt!«, rief ich in den Raum hinein.

»Fermé!«, fuhr eine junge, herrische Stimme auf Französisch dazwischen. Wie von Geisterhand tauchte Scarlett plötzlich hinter der Archivarin auf und riss ihr mühelos die Wirbelsäule aus dem Rücken. Blut spritzte und sprenkelte überallhin. Scarletts Ballerinakleid war von oben bis unten verschmutzt. Der schmerzverzerrte Schrei der alten Dame verstummte, kaum dass er eingesetzt hatte. Leblos sank sie nach vorne. Dabei prallte ihr Kopf gegen den Bildschirm, der zunächst lautlos über die Schreibtischkante glitt, um wenig später mit einem lauten Krachen auf dem dunkelgrauen Teppich aufzuschlagen.

Lucas und ich machten einen Satz nach hinten. Mir blieben die Worte in der Kehle stecken, meine Knie waren weich wie Butter und ich konnte mich kaum noch auf den Beinen halten. Lucas schien es ähnlich zu ergehen, denn er starrte die Gestalt vor uns reglos an. Doch Scarlett war noch nicht fertig. Mit ihren behandschuhten Händen holte sie aus und warf uns die Wirbelsäule entgegen. Völlig perplex, wie wir waren, fingen wir sie auch noch auf. Angeekelt ließen wir die glitschigen Knochen los.

»Und wieder hat dein Dad, Sheriff Bennett, Beweise gegen dich! Du und Lucas, ihr werdet im Knast landen!« Scarlett lächelte boshaft und zeigte unverhohlen ihre machtvolle Präsenz.

»Mensch, Matty, du lagst mit deinen Anschuldigungen richtig!«, kreischte Lucas mit fahlem Gesicht.

Unerwartet wählte Scarlett mit dem unbeschmutzten Teil ihres Handschuhs -- einem Fingerknöchel – den Notruf und stellte auf laut.

»Everly Falls Police Department! Wie können wir helfen?«, fragte die junge Polizistin Susan, die ich durch Dad kannte.

»Hier ist Mrs.–«, sagte Scarlett in der exakten Stimmfarbe der Archivarin und hielt kurz inne. Ohne Hast drehte sie den leblosen Körper der alten Dame um, damit sie das Namensschild lesen konnte.

»Wer ist da? Hallo?«

Kein einziges Wort kam über unsere Lippen, so als hätte Scarlett dafür gesorgt, dass wir in diesem Moment nicht störten.

»Hier ist Mrs. Thompson vom Stadtarchiv!«, fuhr sie mit weinerlicher Stimme fort. »Helfen Sie mir! Hier sind zwei junge Burschen, die mich überfallen wollen. Ich habe solche Angst!« Breit grinsend legte Scarlett auf.

Was bist du nur für ein Ding?, fragte ich mich in einem inneren Monolog, während Lucas kurz davor war, sich zu übergeben. Er hatte bereits einmal gewürgt.

Ich musterte derweil die Überwachungskamera an der Decke und hoffte, dass wir die eingefangenen Bilder gegen Scarlett verwenden könnten, falls wir lebend hier herauskämen. Doch das Stromkabel war nicht angeschlossen, es hing lose in der Luft.

In der Not zückte ich mein Smartphone. Musste ich eben selbst das nötige Material sammeln. Doch so schnell war ich nicht. Aus dem Stand sprang Scarlett auf den Empfangstisch neben Mrs. Thompson und von dort in Richtung Lucas. In der Luft machte sie einen Spagat.

»Vorsicht!«, schrie ich, um meinen Freund zu warnen, doch es war zu spät. Scarlett landete auf Lucas' Schultern und riss ihm, ohne mit der Wimper zu zucken, den Kopf ab. In seinen leblosen Augen erkannte ich dieses schauderhafte Grauen, das ihn in seiner letzten Sekunde überfallen haben musste, als ihm klar gewesen war, dass er gerade seinen letzten Atemzug tat.

Bevor der steuerlose Körper in sich zusammensackte, pumpte er Blut und Erbrochenes heraus.

Mit Lucas' Kopf in ihren Händen setzte Scarlett gekonnt auf dem Boden auf und kickte ihn wie einen wertlosen Gegenstand mit ihrem Knie weg.

Vor Angst zitternd und um Hilfe schreiend fiel mir auf, dass einer ihrer beiden Ballettschuhe verdreckt war. *Fuck! Ich habe doch nicht geträumt!*, erkannte ich mit schreckgeweiteten Augen. Es war eben nicht nur der Alkohol, der meine Wahrnehmung verwirrte.

Wie eine Katze ihre Pfoten ableckte, genoss sie es, mit ihrer verwachsenen Zunge das verschmutzte Kleid zu säubern.

Mein Smartphone, mein Smartphone!, hämmerte es in mein Bewusstsein, und als ich die Aufnahme starten wollte, brüllte ich Scarlett mutig entgegen: »Hey, du hast dich mit dem Falschen angelegt!«

Unbeeindruckt riss Scarlett ihr Maul weit auf, zeigte ein weiteres Mal ihre vielen kleinen spitzen Zähne und begann, wie eine Furie zu schreien, sodass beinahe mein Trommelfell platzte. In Schockstarre ließ ich das Smartphone fallen. Eine Aufnahme war mir nicht gelungen.

Wie eine Spinne bewegte sich Scarlett an der Wand entlang und verschwand, ohne eine Spur zu hinterlassen, durch die Dachluke. »Rien ne va plus!«, lauteten ihre letzten Worte. Eine Phrase, die mir ausnahmsweise aus dem Roulette geläufig war. »Nichts geht mehr!«

Wie in Zeitlupe senkte ich den Kopf und hörte in der Ferne die Polizeisirenen heulen. Ich ließ den schrecklichen Gedanken zu, dass mein Freund Lucas tot und ich vollkommen am Arsch war.

Unter Beobachtung

Kapitel X

Zwei Tage lang verbrachte ich den größten Teil meiner Zeit in einer kargen Gefängniszelle mit spärlichem Lichteinfall. Rund um die Uhr wurde ich abwechselnd von Dads Kollegen Susan und Dave überwacht.

In diesem Moment war ich mutterseelenallein von schalldämpfenden Mauern umgeben. Der schaufenstergroße Einwegspiegel starrte mich regelrecht an. Im Verhörzimmer wartete ich auf meinen Dad, der erneut versuchte, mir Geständnisse zu den Morden in Everly Falls zu entlocken. Doch ich blieb standhaft bei meiner Version: Scarlett Blackwood, dieses Ding, das Elias Whitmore als »La Danseuse Démoniaque« bezeichnete, war für all diese und viele weitere Morde verantwortlich.

Zwischenzeitlich stattete mir auch Miss Sandberg einen Besuch ab. Unser Mayor ließ es sich nicht nehmen, mich als kranken Bastard zu beschimpfen. Schließlich sei ich ganz allein für die negativen Schlagzeilen in Everly Falls und den damit verbundenen Einbruch in der Touristikbranche verantwortlich. Vor meinen Augen quittierte sie allen Ernstes ihre Stelle. Meines Erachtens war dies kein herber Verlust für die Bewohner unserer Stadt, schließlich interessierte sie sich eh nur für die dämliche Kohle.

Wenige Minuten später surrte es erst, dann entriegelte sich die Tür mit einem lauten Klacken. Mein Dad betrat den Verhörraum mit einem Becher heißen Kaffees, gezapft am Automaten im Pausenraum, und schob ihn über den Tisch zu mir herüber. Eine Tüte mit Zucker und ein Holzstäbchen warf er mit strenger Miene daneben. Als ich das süße Pulver in den schwarzen Muntermacher schüttete und mit dem Holzstäbchen umrührte, drehte er den Stuhl mir gegenüber um hundertachtzig Grad. Er setzte sich so hin, dass er seinen Brustkorb gegen die Rückenlehne presste und mir genau in die Augen blickte. Seine Zähne bearbeiteten laut schmatzend ein Kaugummi, und er verkörperte mehr denn je die Rolle des Sheriffs. Nicht zum ersten Mal an diesem Tag startete er das Aufnahmegerät.

»Ich weiß jetzt, warum du Lucas getötet hast.« Er sprach ganz sachlich, doch die trügerische Gelassenheit ruhte auf einem Fundament immenser Wut gegen mich, was mich unheimlich einschüchterte.

Ein Kloß bildete sich in meinem Hals, und ich konnte immer noch nicht glauben, dass ich meinen Freund nie wiedersehen würde. Außerdem fragte ich mich, wie mein Dad auf eine solch absurde Anschuldigung kam.

»Bedeutet dein Schweigen, dass du mir zustimmst, oder bleibst du dabei, dass Miss Blackwood ein Dämon ist, der die Stadt bereits vor mehr als zwei Jahrhunderten heimgesucht hat – und all das wegen eines bescheuerten Ammenmärchens, das aus der Feder eines Verrückten stammt? Muss ich *noch* mehr sagen?«

Ich räusperte mich und erklärte: »Ich bleibe dabei!« Mehr konnte ich ihm ohne einen Beweis für meine Unschuld nicht bieten. Diese ganze Farce raubte mir noch meine letzten Energiereserven. *Ein Königreich für einen Drink oder wenigstens ein bisschen Marihuana!* Das würde meinen inneren Druck lindern! Nervös wippte ich mit den Füßen.

»Meine Kollegen der digitalen Forensik haben Lucas' und dein Smartphone von Kopf bis Fuß durchleuchtet und was Erstaunliches gefunden.«

Oh nein! Ich schlug die Hände vors Gesicht und atmete tief durch. Mir schwante Übles, denn ich wusste, was mein Dad als Nächstes sagen würde.

»Ich lese dir die *verräterischen* Zeilen eures Chatverlaufs vor: Du schriebst: ›Danke, Bro, dass du dichtgehalten hast.‹ Lucas antwortete: ›Kein Problem!‹ Dann schriebst du: ›Ich konnte mich von diesem Rusty nicht übers Ohr hauen lassen, auch wenn ich vielleicht übertrieben habe!‹ Punkt. Punkt. Punkt. Der Abgleich des Datums hat ergeben, dass dieses Gespräch in der Nacht stattfand, als der Drogendealer Rusty Malone ins Krankenhaus eingeliefert wurde, weil er brutal zusammengeschlagen worden war, und zwar – Überraschung!– von dir. Rechne ich eins und eins zusammen, ergibt sich folgendes Szenario: Du hast dich ein zweites Mal mit Malone, dieses Mal am Serenity Lake, getroffen. Er hat dir erneut keine gute Qualität angeboten, und da bist du in deinem Alkoholrausch ausgerastet, und *dafür* musste er sterben! Das wiederum wusste auch Lucas, den du schließlich im Stadtarchiv umgebracht hast. Ganz einfach! Aber ich verstehe nicht, warum gerade dort. Und warum musste die alte Mrs. Thompson ebenfalls dran glauben? War es ihr verzweifelter Notruf? Erklär es mir, Junge! Ich will endlich verstehen, warum du so geworden bist!«

»Das war alles Scarlett!«, stieß ich hervor. »Ihre Reißzähne sind wahre Mordinstrumente!«

»Tz!«, schnaubte mein Dad. Trotz aller Widersprüche versteifte er sich auf mich als Täter. Offenbar hatte er sein Urteil bereits gefällt.

»Die hat auch die Stimme der alten Frau am Telefon nachgemacht! Außerdem wirst du keine meiner

Fingerabdrücke an Lucas' abgetrenntem Kopf finden! Wie erklärst du dir das?«

»Handschuhe und eine Waffe, die wir noch nicht im Stadtarchiv gefunden haben. Auch ganz einfach! Aber glaub mir, die Mordkommission arbeitet auf Hochtouren.«

Noch immer konnte ich den metallischen Geruch von Mrs. Thompsons Wirbelsäule in meinen Händen riechen, obwohl ich sie in der Zelle akribisch mit Kernseife gewaschen hatte. »Dann sucht mal!«, spie ich meinem Dad entgegen. »Finden werdet ihr nichts!«

Unbeirrt sprach er weiter: »Schleierhaft ist mir auch noch, warum Mrs. Thompson von zwei jungen Burschen gesprochen hat, die sie überfallen wollten. Wolltest du Lucas zu diesem Verbrechen zwingen, bevor du ihn getötet hast?«

Ich verschränkte die Arme vor der Brust. »Du merkst gar nichts mehr, oder, Dad?«, gab ich unmissverständlich von mir.

Mit ungläubigem Blick sah er mich an. »Du bist der Einzige, der für all diese Morde in Frage kommt, Matthew!«

»Auch noch für Clancys?«

»Ja. Einige Schüler, die auf der Party waren, haben mir erzählt, dass du dort ziemlich unhöflich gegenüber

Clancy Hastings warst. Du hattest offenbar Stress mit ihm und bist deshalb frühzeitig nach Hause gegangen. Und dann hast du dich an ihm gerächt! Woher nimmst du die Kraft, einen stämmigen Jungen am Fahnenmast aufzuspießen? Ich nehme an, dass Lucas zunächst dein Komplize war.«

»Pfff!«, machte ich und verdrehte die Augen. »Du meinst, weil ich Clancys hingestreckte Faust nicht erwidert habe? Das habe ich nicht getan, weil er lautstark behauptete, ich hätte Scarlett klargemacht. Das war einfach peinlich! Übrigens habe ich Scarlett an dem Abend nicht klargemacht. Sie hat mich abblitzen lassen. Deshalb bin ich verwirrt nach Hause gegangen.«

»Verwirrt oder sogar verärgert genug, um dich an Clancy für sein Verhalten zu rächen?«

Ich biss mir auf die Lippen, um nicht aus der Haut zu fahren.

»Erzähl mir etwas über deine Beziehung zu Miss Black–« Dad stockte und runzelte die Stirn. »Miss Blackw–« Es schien, als könnte er sich nicht an den Namen erinnern. Verlegen strich er sich mit Daumen und Zeigefinger über seinen Schnurrbart.

Ich lachte laut auf. »Scarlett Blackwood hat dich auch schon in ihren Bann gezogen. Du scheinst erst sie und dann ihre Taten zu vergessen, die ich für sie ausbaden muss. Lies lieber das Gedicht von Elias Whitmore, der vor ihr gewarnt hat!«

»Papperlapapp! Ich weiß natürlich, wie sie heißt«, verteidigte er sich, doch ich konnte ihm das nicht abkaufen. Ich vermisste die Klarheit, die ich sonst in seinen Augen sah. »Also, was lief zwischen dir und Miss Blackwood?«

»Wir haben es wie die Karnickel in ihrem Haus getrieben, okay? Das wolltest du doch hören! Danach habe ich sie konsequent geghostet! Allerdings fand ich mein Verhalten inakzeptabel. Noch schlimmer ist jedoch dieses Monster, das mir wegen seiner gekränkten Eitelkeit die Morde in die Schuhe schieben will! Angeblich wohnt Scarlett in der 123 Whispering Willow Lane! Ich war bereits zweimal dort. Beim ersten Mal schien das Haus bewohnt zu sein, aber als ich das zweite Mal da war, um mich für mein mieses Verhalten zu entschuldigen, stand das Haus leer und sah aus, als hätte es seit Jahren niemand mehr betreten! Scarletts Bann ist sehr gefährlich. Ich glaube fest daran, dass sie einen als Ballerina um den Verstand tanzt! Ist ihr das auch bei dir gelungen?«

»Du bist geisteskrank!«, grollte mein Dad und hieb mit der Faust auf den Tisch, sodass ich den Kaffeebecher festhalten musste, bevor der Inhalt überschwappen konnte. »Natürlich hat sie mir kurz gezeigt, was sie heute in ihrer Ballettvorstellung in der Aula deiner ehemaligen Schule aufführen möchte.«

»Dazu darf es nicht kommen!«, entfuhr es mir.

»Wieso nicht? Mit ihrem einfühlsamen Tanz gedenkt sie doch nur den getöteten Opfern, die du ...«, er hielt kurz inne, »Schwein auf dem Gewissen hast!«

Was ich da hörte, konnte ich kaum glauben.

»Viele aus unserer kleinen Stadt werden da sein, um Miss Blackwoods Vorstellung zu besuchen.« Mit grimmigem Blick sah er mich an. »Mom hat alle Hände voll damit zu tun, deine Grandma zu beruhigen«, knurrte er. »Sie kann deshalb an der Veranstaltung nicht teilnehmen. Ich schicke Susan und Dave in die Schule, damit sie mir von dem Auftritt berichten. Währenddessen halte ich hier auf dem Revier die Stellung.« Mit einer raschen Handbewegung schaltete er das Aufnahmegerät aus. »Vielleicht ist es gut, wenn wir keine Zeugen haben«, ergänzte er.

Was hat Dad vor? Ich schob seine Drohung beiseite und machte ihn erneut auf die immense Gefahr aufmerksam. »Wenn Scarlett in der Aula auftritt, ist es das Ende unserer Stadt! Kapierst du das nicht, Dad?« Ich stand auf und wollte losrennen, doch er hielt mich am Kragen fest und zog mich halb über den dunklen Holztisch. »Dort werden Kinder sterben, wenn wir nicht sofort handeln!«, gab ich angestrengt von mir.

»Du hattest deine Chance! Wenn ich mit dir fertig bin, wirst du dir wünschen, dass du lieber in der Gefängniszelle verrottet wärst!«

»Fass mich ja nicht an!«, donnerte ich und machte mich auf das Schlimmste gefasst.

»Du bist nicht mehr mein Sohn, und deine Mom hast du auch verloren!«, schleuderte er mir schonungslos entgegen.

»Das will ich von Mom selber hören!«

Als Antwort schlug er meinen Kopf hart auf die Tischplatte, wobei die Naht an meiner Stirn aufplatzte und Blut über meine Nase lief. Benommen sah ich zu, wie er in aller Ruhe seine Armbanduhr abnahm, sich seines Gürtels samt Revolverholster entledigte und zu guter Letzt seine Polizeimarke fallen ließ. Demonstrativ öffnete er die Manschetten seiner Ärmel und krempelte diese bis zu den Ellbogen hoch. Ich war ein Problem für ihn, das er nicht mehr auf rechtsstaatliche Weise lösen wollte. Diese schmerzhafte Erkenntnis ließ einen heftigen Ruck durch meine Seele fahren.

»Ich werde das Geständnis aus dir herausprügeln!«, brüllte er und ballte die Fäuste. »Dann kann ich endlich den Fall abschließen! Du sollst wenigstens im Ansatz verstehen, was du deinen Opfern angetan hast! Karma, ganz mieses Karma!« Mit irrem Blick holte er aus.

Geistesgegenwärtig schüttete ich ihm den inzwischen lauwarmen Kaffee ins Gesicht.

Laut fluchend schützte er sich mit den Händen vor weiteren Angriffen meinerseits, während ich seine Verwirrung ausnutzte, um mich über den Tisch zu beugen und in seine Hosentasche zu greifen. Triumphierend zog ich den Autoschlüssel heraus. Nur zu gerne hätte ich auch den Revolver erbeutet, doch den Plan durchkreuzte mir mein Dad im letzten Augenblick, indem er den Gürtel mit seinem Stahlkappenstiefel wegtrat.

Getrieben von panischer Unruhe betätigte ich den Schalter, der die Tür des Verhörzimmers öffnete. Nachdem ich zuerst ein Surren und dann ein Klacken vernommen hatte, schob ich die schwere Tür auf und rannte los. Mit hämmerndem Herzen bekam ich gerade noch mit, wie mir Dad hinterherrief: »Ich werde dich erschießen!« Im nächsten Moment stürmte ich aus dem Polizeirevier.

Auf dem Parkplatz sprang ich in den schwarz lackierten Ford Pickup Truck mit imposantem Blaulicht auf dem Dach und glänzendem Sternemblem auf der Fahrertür und fühlte mich seltsam entrückt an Dads Tasse aus der Küche erinnert.

Im Wagen durchströmten mich pure Energie und ein Gefühl von Autorität, und in mir wuchs die unerschütterliche Entschlossenheit, die Stadt vor ihrer Auslöschung zu schützen, auch wenn sich momentan alle gegen mich verschworen zu haben schienen. Mit zittriger Hand steckte ich den Zündschlüssel ins Schloss, startete den Motor und raste mit Vollgas vom Gelände. Mein Ziel war die Aula der Highschool.

Der Vorhang fällt!

Kapitel XI

Den Ford parkte ich etwas abseits, damit das Ding zumindest nicht gleich auf mich aufmerksam wurde. Aus der offenen Narbe an meiner Stirn sickerte immer noch etwas Blut, und ich benutzte den Ärmel meiner Footballjacke, um es wegzuwischen. Durch die Frontscheibe blickte ich hinauf in den Himmel und hoffte, ich würde Gott sehen. Doch da waren nur dunkle Wolken, die einen Schatten auf die Highschool warfen. War das ein eindeutiges Zeichen?

Sie weiß es, Matty, und sie erwartet dich bereits! Mach dir nichts draus! Trink besser einen Schluck Wodka und mach dich locker. Ich bin dein einziger Seelsorger in deiner schwersten Stunde!

»Lass mich endlich in Ruhe!«, flüsterte ich energisch, denn ich spürte, dass meine dunkle Seite im Begriff war, die Oberhand zu gewinnen und mich noch tiefer in die Scheiße zu reiten. Ich unterdrückte jeden Impuls, einfach abzuhauen, um mir mit Alkohol die Kante zu geben. Die Sucht hatte mich nicht mehr im Griff. Doch ob ich eine reelle Chance gegen das Ballerina-Monster hatte, stand auf einem ganz anderen Blatt.

Auf der Rückbank lag ein Baseballschläger, mit dem ich mich ausstattete. Damit wollte ich Scarletts wunderhübsches Gesicht zertrümmern.

In Schlagposition, die Hüfte eingedreht und den Aluminiumknüppel mit beiden Händen fest umklammert, als ob ich plante, einen Home Run zu erzielen, durchquerte ich die menschenleeren Flure der Highschool. Ich war von Spinden umgeben und befürchtete, dass mich an jeder Ecke eine böse Überraschung erwarten könnte. Mein gesamter Körper war verkrampft, wodurch meine Beweglichkeit erheblich eingeschränkt war.

Vor der Pforte der Aula angekommen, vernahm ich nicht das leiseste Geräusch. Entweder hatte Dad mir eine Falle gestellt und Scarlett führte an diesem späten Nachmittag überhaupt nichts auf, oder es war genau das eingetreten, was ich mir nicht einmal in meinen schlimmsten Albträumen vorstellen könnte: Scarletts Publikum hatte ein grausamer Tod ereilt.

So leise wie möglich öffnete ich eine der beiden Türen und schob mich durch den Spalt. Akribisch achtete ich darauf, dass ich die Tür behutsam und möglichst lautlos hinter mir schloss. Ein ekelerregender, metallischer Geruch stieg mir in die Nase, als hätte ich ein Schlachthaus betreten. Ich wollte mich gar nicht erst umsehen.

Fünfzig Yards von mir entfernt tanzte Scarlett ohne jegliche Hemmung auf der Bühne. Sie summte »Naughty Girl« von Beyoncé, denselben Song wie auf Clancys Party. Alle ihre komplizierten Bewegungen wirkten federleicht, obwohl ihr unnatürlich gewölbter Bauch unter dem zerrissenen Stoff ihres hautengen Kleids hervorschaute. Als ich ihr Gesicht sah, fiel mir auf, wie aufgedunsen und speckig-glänzend es war. Vom Kopf bis zu den Füßen war sie mit Blut verschmiert. Mit jedem Sprung und jeder Pirouette schien sie die Grenzen der Schwerkraft zu überwinden, und zum Ende ihres Tanzes glitt sie wie ein Schmetterling von einem Ende der Bühne zum anderen.

Bevor ich durch lautes Klatschen meiner Hände ihre Aufmerksamkeit auf mich lenken konnte, damit sie erkannte, was ihr mit dem Baseballschläger blühen würde, fiel es mir wie Schuppen von den Augen. Ohne darüber nachzudenken, hatte ich mir ihren Tanz angesehen, obwohl ich es besser hätte wissen müssen. Hatte sie mich bereits erneut in ihren Bann gezogen?

Wie in Zeitlupe drehte sich Scarlett zu mir um, hielt inne, setzte sich auf den Bühnenrand und ließ spielerisch die Beine baumeln.

»Ich bin satt, Matty, und sooo müde! Bringst du mich hoch zu den Bergen?«, rief sie zu mir herüber und lächelte, während ihr immer wieder die Augenlider zufielen.

»Das kannst du vergessen, Dornröschen! Noch einmal wirst du meine Stadt nicht heimsuchen!«, brüllte ich ihr entgegen. Dann wagte ich doch einen Blick in Richtung der Sitzreihen. Sämtliche Zuschauer, junge ebenso wie alte, waren tot. Zum Teil fehlte ihnen der Kopf, manche hingen ohne Arme und Beine in ihren Sitzen, anderen hatte Scarlett die Gedärme herausgerissen. Sie alle hatten dem Dämon höchstpersönlich in die Augen geblickt.

Dieses Horrorszenario versetzte meiner Seele den nächsten, noch heftigeren Ruck. Ich würgte unkontrolliert und übergab mich zwischen den Stuhlreihen.

»Es tut mir wirklich leid, Matty«, sagte Scarlett, als ob sie es ernst meinte.

»Hör ... hör auf, mich ›Matty‹ zu nennen!«, rief ich mit schwankender Stimme, während ich mir mit dem Handrücken das Erbrochene aus den Mundwinkeln wischte. »Verrate mir lieber deinen richtigen Name. Vielleicht ›La Danseuse Démoniaque‹? Hä?«

Das Ding warf den Kopf in den Nacken und lachte schallend. Dabei entblößte es seine tausend kleinen spitzen Zähne, denen auch der Drogendealer Rusty Malone zum Opfer gefallen war.

Plötzlich wurde sie ernst und sprang auf die Beine. »Da, wo ich herkomme, habe ich keinen Namen.«

»Bist du eine Außerirdische, die die ganze Menschheit auslöschen will?«, fragte ich weiter, denn ich zog mittlerweile jede absurde Theorie in Betracht.

»Neeein!« Sie lachte erneut. »Ich komme ebenso wie du von der Erde! Sie ist viel größer, als dir das Schulwissen weismachen will.« Während sie das sagte, deutete sie mit dem Zeigefinger auf den Boden.

»Und in den Rocky Mountains ist das Tor zur Hölle?«

»Ja, daher komme ich! Aber es gibt noch andere Tore!«, fuhr sie fort und verzog den Mund zu einem dämonischen Lächeln.

»Und warum schläfst du so lange?«

»Weil ich warten muss, bis du wiedergeboren und zu einem jungen Mann gereift bist, Elias Whitmore!«

»Wie hast du mich genannt?«

Statt zu antworten, stellte sie selbst eine Frage: »Überrascht dich das? Die Augen sind das Fenster zur Seele, und Elias hatte nun mal die gleiche Seele wie du!«

Mit einer großen Portion Unverständnis schüttelte ich den Kopf.

»Du möchtest doch die Wahrheit hören!«, fuhr Scarlett fort.

»So ein Bullshit!«

Sie verdrehte die Augen, als wäre ich ein Idiot und nicht in der Lage, das Konzept der Wiedergeburt zu verstehen. Dieses war mir jedoch geläufig. Eine Seele wandert von Leben zu Leben, in unterschiedliche Körper, um bestimmte Erfahrungen sammeln zu können. Dabei geht sie stets durch den Schleier des Vergessens, um bereit zu sein, sich auf das nächste Abenteuer einzulassen.

Scarlett kam ein paar Schritte auf mich zu. »Ist ja auch egal! Fakt ist, wir beide sind auf ewig an diesen verfluchten Ort gebunden, weil der arme Mr. Whitmore einfach keine Liebe fand und deshalb einen unkündbaren Vertrag mit dem dunklen Fürsten eingegangen ist.«

»Du wurdest nur erschaffen, um Elias zu lieben?«

»Ja! Deine Liebe ist meine Hölle!«

»Und warum tötest du die Menschen und frisst sie?«

»Ich bin ein Dämon, der auch seinen Spaß haben möchte«, erklärte sie und wedelte provokant mit ihrer unnatürlichen Zunge.

»Damit ist jetzt Schluss!«, fuhr ich sie an.

Sie lächelte süffisant. »Es sind doch eh fast alle tot. Deine Stadt ist für immer gefallen!«

Je näher sie kam, desto nervöser wurde ich. Ich war bereit, zuzuschlagen.

»Versuch's ruhig!«, sagte sie. »Doch bevor wir dieses Spiel noch einmal spielen, sei dir gewiss, dass ich endlich einen Weg gefunden habe, den Vertrag zu brechen und den Zyklus zu beenden. Im Anschluss daran winkt die Freiheit!«

»Sag mir lieber, warum sich niemand an dich erinnern kann!«, forderte ich.

»Weil ich all ihre Seelen gefangen habe.« Ihre Stimme klang jetzt zuckersüß.

»Auch die von meiner Mom, meinem Dad und meiner Grandma?«

»Bravo, Matty!«

Als ich das hörte, war ich den Tränen nahe, denn ich wusste bereits, was sie vorhatte. Ich spürte es mit jeder Faser meines Körpers.

»Dabei ist es so naheliegend, was ich tun muss«, hauchte Scarlett.

Bevor sie weiterreden konnte, fiel ich ihr ins Wort: »Du brauchst die Seele des Auftraggebers, richtig? Also meine!«

»Pssst!« Scarlett legte ihren Zeigefinger auf ihre stark geschwollenen Lippen. Womöglich sollte der Teufel, der scheinbar jeden ihrer Schritte beobachtete, nichts davon mitbekommen.

»Du hättest mich bereits am See erledigen können.«

»Nooon! Das hier sollst du nüchtern genießen!«

Während ich über all das nachdachte, zog sie hinter ihrem Rücken das Pergament mit dem Gedicht von »La Danseuse Démoniaque« hervor. »Ein wahres Meisterwerk dichterischer Kunst, dessen warnende Erinnerung meinen Bann des Vergessens umgehen sollte. Clever, Mr. Whitmore!« Als sie das letzte Wort gesprochen hatte, ging das Pergament in Flammen auf. Ascheflocken rieselten wie Konfetti zu Boden.

Zum Glück weiß sie nicht, dass ich davon ein Foto mit meinem Smartphone gemacht habe. Doch werde ich den letzten Beweis gegen das Ding je wiederbekommen?, rätselte ich in dieser undurchsichtigen Situation, während sie nur noch wenige Yards von mir entfernt war.

»Ich schlag dich zu Brei!«, brüllte ich. »Ich schwöre es!«

Als würde sie meine Drohung ernst nehmen, blieb Scarlett plötzlich stehen. Provokant klatschte sie in meine Richtung. Ich zuckte vor Schreck zusammen. Eine Glühbirne nach der anderen platzte, bis die Aula gänzlich in Dunkelheit getaucht war.

»Lass mich ja in Ruhe!«, schrie ich, und mein Ruf hallte mit einem gewaltigen Echo nach. Wild begann ich mit dem Knüppel um mich zu schlagen. Erst traf ich mehrmals ins Leere, doch dann zerschmetterte ich etwas

Hartes. Vermutlich war es die Rückenlehne eines benachbarten Sitzes.

Ich war völlig außer Atem und mir perlte der brennende Schweiß über die offene Wunde von der Stirn, als ich im Bruchteil einer Sekunde wie beim Football getackelt wurde. Mein Körper flog einige Yards, bevor ich schmerzhaft gegen die Pforte der Aula prallte. Ich hob nicht nur die Türen aus den Angeln, sondern riss auch die Backsteinmauern ein.

Krach!

Halb im Flur liegend, dröhnte mein Kopf und meine Augen flimmerten. Vergebens suchte ich nach dem Baseballschläger. Die Lichter begannen verrückt zu spielen, als wäre die Elektrik launisch. Deutlich spürte ich Scarletts Präsenz, die mir die Luft abschnürte. Ich hörte etwas Unheilvolles auf mich zukommen. Der Boden vibrierte.

Es war mir unmöglich, meinen Blick von der dunklen Aula abzuwenden und schnell wieder auf die Beine zu kommen. Mit der Kraft meiner Arme zog ich meinen Körper nach hinten. Zuerst sah ich ein feuriges Auge in der Größe eines Kopfes, dann das ganze Ding. Aufgrund seiner Größe zerstörte es einen weiteren Teil der Mauer. Staub lag in der Luft und ich musste husten.

Scarlett zeigte sich mir in der Gestalt eines pulsierenden Fleischballs, der unzählige vulkanähnliche Löcher hatte. Aus ihnen ragten Fühler, die mit einem schleimartigen Sekret umhüllt waren und sich nach mir ausstreckten. Der Fleischball bewegte sich mittels Tentakeln fort, die denen einer Krake ähnelten. Schwärme von Schmeißfliegen belästigten mich, und Verwesungsgeruch kroch mir in die Nase. In mir lebte die Erinnerung an eine totgefahrene Katze auf, die ich vor Jahren an einem heißen Sommertag am Straßenrand entdeckt hatte.

Ich war nicht nur Scarletts Beute, sondern erhielt auch einen ersten Blick darauf, wohin die Reise meiner Seele gehen sollte. Unter Scarletts Auge knackte die schuppig anmutende Haut auf. Es klang, als würde man einen getrockneten Tannenzapfen mit den Händen aufbrechen. Eine sämige weiße Flüssigkeit spritzte aus der entstandenen Maulöffnung. Darin entdeckte ich ein völlig fremdes, doch real existierendes Universum, in dem Dutzende Seelen schreiend umherirrten, wie Kleidungsstücke, die in einer Waschmaschine umherkreisten.

Das Maul erzeugte ein Vakuum, doch nicht mein Körper wurde davon angezogen, sondern meine Seele. Dem bedrohlichen Sog konnte ich nur entkommen, indem ich mich mit letzter Kraft zur Seite rollte und mich mit schmerzenden Knochen aufrappelte. Dann rannte ich los und hoffte, dass mich meine Füße noch so lange tragen würden, bis der Horror überstanden war.

»Warte doch, Matty!«, säuselte Scarlett in einem liebevollen Ton. Doch auf ihre Spielchen würde ich mich nicht mehr einlassen. Händeringend suchte ich nach etwas, mit dem ich mich verteidigen konnte. Ich wollte die Sache hier und jetzt beenden.

In der Nähe des Hinterausgangs befand sich ein abgeschlossener Lagerraum des Hausmeisters. Ich drehte und rüttelte mit roher Gewalt an dem Knauf, doch die Tür gab kein bisschen nach. Wütend hob ich mein Bein an und trat mit voller Wucht dagegen. Der Knauf brach ab, fiel scheppernd auf die Fliesen und gab dem Ding einen verräterischen Hinweis, wo ich mich gerade befand. Zum Glück schwang in dem Moment die Tür auf.

Auf keinen Fall durfte ich Zeit verlieren, also hetzte ich in den Lagerraum. Ich zog an einem Bändel, das von der Decke herabhing, und beleuchtete die Umgebung mit der nackten Glühbirne. Im Lagerraum herrschte ein Kuddelmuddel aus übereinandergestapelten Stühlen, Regalen und klobigen Werkzeugkoffern. In einer Ecke lehnten Besen mit der Kehrfläche nach oben in einem rollbaren Putzeimer. Auf dem Boden lag ein umgefallener Laubbläser, und daneben, in einer besonders dunklen Ecke, meinte ich einen Rasenmäher auszumachen. All diese

Gegenstände würden gegen das Ding nicht viel ausrichten können. Mein verzweifelter Blick glitt zu einem Glaskasten mir gegenüber an der Wand. Erleichtert atmete ich auf, als ich die darin befindliche Axt wahrnahm. Eilig stieg ich über die Gartengeräte und zerschlug die Oberfläche des Glaskastens mit meinem Ellbogen, um mir das Objekt meiner Begierde zu krallen.

Klirr!

Wie Jack Nicholson in »Shining« würde ich die Axt wie ein Wahnsinniger schwingen und das Monster in tausend Stücke zerreißen. Nur wohin sollte ich es locken? Ich sah mich im Flur um und entdeckte den Zugang zum Heizungskeller. *Bingo!*

Mit der Axt gelang es mir mühelos, die Tür aufzubrechen. Behutsam tastend stieg ich die düsteren Stufen hinunter. Obwohl ich mir sicher sein konnte, dass das Ding jeden Moment auftauchen würde, rief ich laut: »Scarlett!«, um sie anzulocken. Dann versteckte ich mich hinter einer Ecke und wartete auf meine Gelegenheit, während sich meine Augen immer mehr an die Dunkelheit gewöhnten.

Um mich herum tropfte es aus feuchten Rohren, der Geruch von verbranntem Öl hing schwer in der Luft. Nicht nur das leise Summen des Heizkessels trieb mich fast in den Wahnsinn, sondern auch die tropische Hitze, die hier unten herrschte.

Ich zog meine Footballjacke aus und ließ sie auf den dreckigen Betonboden fallen. Mein T-Shirt war voller Schweißflecken.

Wuuu-Wuuu-Wuuu!, heulte plötzlich der Feueralarm durch das gesamte Schulgebäude, und die Sprinkleranlage tat ihren Dienst. Auch wenn mich das kühle Nass erfrischte, konnte ich es nicht genießen. Schließlich war mir bewusst, dass mein Leben auf dem Spiel stand. Wollte Scarlett allen Ernstes die Highschool mit mir darin abfackeln?

Allmählich stieg der Wasserpegel im Keller an, und noch immer war keine Spur von ihr zu sehen. Knöcheltief in der Brühe, gab ich eine gefühlte Ewigkeit später beinahe die Hoffnung auf, dass sie mich hier unten finden würde. Doch dann tauchte das Ding, verfolgt von dem Feuer, das es oben gelegt hatte, an der Tür auf. Es hatte nicht nur wieder Scarletts Gestalt angenommen, sondern auch deren schlanke Figur. Und es war splitterfasernackt. Reflexartig verbarg ich meinen Kopf hinter der Mauer.

»Liebst du mich denn nicht mehr, Matty?«, trällerte das Ding und kam langsam die Treppe hinunter.

Ich schlug meinem Kopf gegen die Wand. Scarlett verwirrte nicht nur meine Sinne, sondern auch meine Gefühle. Ihre Anziehungskraft war gefährlich, und das musste ich mir immer wieder vor Augen führen.

»Wir werden hier beide ertrinken!«, schrie ich, als ich bemerkte, dass inzwischen auch Wasser die Treppe herunterrauschte. »Oder wir verbrennen!«, setzte ich lauernd hinzu, hoffte aber, dass mir ein grausamer Tod erspart blieb.

»Magnifique!«, erwiderte sie nur, als wäre das alles eine Kleinigkeit.

Als ihre Präsenz kaum noch auszuhalten war, holte ich aus und schlug in dem Moment zu, als ich aus meinem Versteck kam. Doch die Klinge schnitt durch die Luft. Ich hatte ins Leere geschlagen. Mit großen Augen blickte ich mich um. Ich hatte vergessen, dass Scarlett Wände hochklettern konnte. Kreischend ließ sie sich von der Decke fallen, und wir landeten laut platschend im Wasser. Dabei glitt mir die Axt aus der Hand. Hartnäckig blieb Scarlett auf mir sitzen, während ich mich, auf dem Rücken liegend, abmühte, meinem Kopf über Wasser zu halten. Unweigerlich fiel mein Blick auf ihre wohlgeformten Brüste.

Ehe ich registrieren konnte, was dann geschah, rammte sie ihre messerscharfen Zähne in meine Wange und riss mir ein großes Stück Fleisch heraus. »Sehr bekömmlich!«, beschrieb sie das Kauerlebnis.

Die unglaublichen Schmerzen und die damit verbundene Schockstarre hielten mich davon ab, im Wasser nach der Axt zu tasten.

»Ich genieße das hier wirklich, aber alles hat auch mal ein Ende!«, sagte sie und begann, mich zu würgen und meinen Kopf unter Wasser zu tauchen. Erschreckend viel Blut sickerte aus der Bisswunde. Aufgrund der mangelnden Luftzufuhr fiel ich in einen Zustand, der einem Delirium ähnelte. Meine letzte Stunde hatte geschlagen.

»Nimm die verdammte Axt! Selbst wenn wir verloren sind, bist du es nicht!«, übersandte mir der getötete Lucas gedanklich. Er stand direkt vor mir, seinen abgetrennten Kopf unter den Arm geklemmt. Neben ihm entdeckte ich die ausgeweidete Wasserleiche Rusty und den Partykönig Clancy, in dessen Bauch ein Loch klaffte. Alle drei standen als geisterhafte, von einem gleißenden Schein umhüllte Wesen aufrecht nebeneinander, was man von der alten Mrs. Thompson nicht behaupten konnte. Wegen ihrer fehlenden Wirbelsäule konnte sie das Gewicht ihres Oberkörpers nicht halten und war vornübergebeugt. Sie wirkte wütend. »Junger Mann«, zeterte sie, »da Sie zu mir ins Stadtarchiv gekommen sind, sind Sie für meinen Tod mitverantwortlich! Es ist ja wohl das Mindeste, dass Sie sich dafür bei diesem Monster rächen!«

Lucas übte mit den Worten »Tue es endlich!« noch mehr Druck auf mich aus, während Clancy mich mit bemitleidenswerter Miene ansah: »Sorry für dich, Bro, dass du sie klargemacht hast!«

Ich konnte kaum meine Augen offen halten. »Du ... bist nicht ... mein Bro ... Clancy!«, nuschelte ich angestrengt, weil Scarlett mich immer noch würgte.

»Clancy ist nicht mehr unter uns, mon amour!«, antwortete Scarlett belustigt, wohlwissend, dass ich mich gerade in der Sterbephase befand.

»Tue es, tue es, tue es, tue es!«, hallte es im Singsang der Toten. Ich lauschte den Stimmen, während alle bis auf Lucas unsichtbar wurden. Dabei tastete ich erneut nach der Axt. Neben mir schwammen die verwelkten Sonnenblumen, die ich Scarlett als Entschuldigung hatte schenken wollen. Nichts von alldem hier war real!

Als ich den Holzgriff zu fassen bekam, umschloss ich ihn mit meiner Hand. Doch ich war zu schwach, das Mordinstrument anzuheben.

»Entspann dich, es ist gleich vorbei!«, sprach Scarlett langsam und monoton, wie ein Psychologe, der seine Patienten in Trance versetzen wollte.

»Macht es dich nicht wütend, dass sie nicht mal vor Kindern Halt gemacht hat, Matty?«, fragte Lucas eindringlich.

Sogleich spulten sich die schrecklichen Bilder aus der Aula in meinen Gedanken ab. »Safe! Ich bin richtig wütend!«, röchelte ich, und als mein Herz immer unregelmäßiger schlug, entschied sich meine Seele, dass mein Körper nicht aufgeben durfte, und sie gewährte mir die nötige Energie, um zu einem finalen Schlag auszuholen. »Nimm das!« Mit voller Wucht verpasste ich Scarlett einen Hieb gegen die Schläfe. Aus der klaffenden Wunde, die die Stahlklinge verursacht hatte, floss weißes Blut. Mit aufgerissenen Augen rutschte Scarlett seitlich von mir herunter und sank wie ein Stein auf den Boden. Das Wasser umgab sie fast vollständig. Jetzt verschwand auch Lucas.

Es war unbegreiflich, welche Kräfte noch in mir wohnten. Ich fischte mich selbst aus dem Wasser, schnappte mir meine vollgesogene Footballjacke und schleppte mich die klatschnasse Treppe hinauf. Am oberen Absatz angekommen, blickte ich ein letztes Mal zurück.

»Du wirst steeerben, Matty, und dann habe ich deine Seeele!«, brüllte Scarlett zornig, während das Wasser um sie herum zu kochen begann. Aus ihrer Verletzung wichen Seelen, die ihre Heimreise in den Himmel antraten.

»Nicht heute, und auch nicht morgen!«, gab ich mehr schlecht als recht von mir und hoffte, dass dieses Ding Everly Falls nie wieder heimsuchen würde.

In weiser Voraussicht verbarg ich meinen Körper unter meiner nassen Jacke, damit ich mir keine schweren Verbrennungen zuziehen würde, denn der Flur brannte lichterloh. An einigen Stellen funktionierten die Sprinkler schon nicht mehr. Umgeben von dunklem Rauch brach ich, ohne Luft zu holen, mit einem letzten Kraftakt den eisenbeschlagenen Hinterausgang mit der Axt auf. Das Schloss war verbogen, und ich rammte mit meiner rechten, stählernen Schulter die Tür auf. Beim Aufprall spürte ich, wie ein unangenehmes Knirschen durch meinen Körper fuhr. Mir war mehr als klar, dass ich mir einen Bruch zugezogen hatte. Hustend sank ich auf die Knie und nahm ein paar tiefe Atemzüge. Ich war in Freiheit! Ohne den unbändigen Willen meines Geistes und das Adrenalin in meinen Venen hätte ich es nicht bis hierher geschafft.

Mit einem kurzen Blick versicherte ich mich, dass ich mich im gepflasterten Hof des Schulgebäudes befand. Über den meterhohen Mauern waberten dunkle Rauchschwaden.

»Was hast du nur angerichtet?«, hörte ich die Stimme meines Dads. Erleichtert atmete ich auf. Als er in mein

Blickfeld trat, sah ich, dass hinter ihm das schmiedeeiserne Tor sperrangelweit geöffnet war und ein gebogener Pfad auf die Hauptstraße führte.

»Ich habe den Fluch beendet!«, verkündete ich. »Du bekommst deine Seele wieder, Dad! Scarlett Blackwood verbrennt gerade darin.« Mit einer raumgreifenden Geste deutete ich auf das Schulgebäude. Mir liefen Tränen über die Wangen, und ich ließ die Axt auf den Boden gleiten.

»Welche Scarlett Blackwood?«, fragte mein Dad. Seine Stimme klang zäh und gleichzeitig fließend wie die eines Zombies. Ohne mit der Wimper zu zucken, richtete er den Lauf des Revolvers auf meinen Kopf.

Klick!

Das Klicken seines Revolvers nahm mir in diesem Moment die Hoffnung, dass alles gut werden würde.

»N-N-Nein!«, stotterte ich.

»Hände hoch, Freundchen!«

»Dad?!«, schrie ich verzweifelt und hob mühsam den linken Arm, um mich zu meinem eigenen Schutz zu ergeben.

»Du bist der Teufel!«, sagte er verächtlich, als ob er etwas sehen würde, was ich nicht wahrnahm. Doch dann verstand ich es: Ich wurde nicht von meiner um den Körper hängenden Footballjacke geschützt, sondern von

Scarletts blutverschmiertem Ballerinakleid. Noch bevor ich einen weiteren Blick auf meinen Dad erhaschen konnte, traf mich eine Kugel eiskalt zwischen den Augen. Im nächsten Moment durchbohrte das Geschoss mein Gehirn, und ich hatte das Gefühl, von Gott und der Welt abgeschnitten zu sein. Wie ein Sack Zement knallte ich mit dem Oberkörper voran auf den Boden.

Unter dem herannahenden Sirenengeheul der Feuerwehr fingen die Neuronen meines sterbenden Gehirns an zu feuern. Ich dachte an einen Vers aus dem Gedicht »La Danseuse Démoniaque« von Elias Whitmore: »Wisse. So trägst auch DU die Schuld umher, die Liebe zu leugnen war sichtlich schwer.« Mir fiel es wie Schuppen von den Augen, dass Whitmore nicht die Menschen von Everly Falls vor dem Ding warnen wollte, sondern ganz allein … *mich*, sein zukünftiges Ich. Und obwohl ich als Matthew Bennett keine Ahnung von der Liebe hatte, war es ebendiese unsterbliche Kraft, die ich unbewusst in Scarletts Gegenwart empfand – trotz ihrer ungeheuerlichen Taten. Sozusagen war ich das Problem, das den Fluch und dessen Zerstörung aufrechterhielt. Ich war wirklich ein kranker Bastard.

Ende

Epilog

Pieeep! … Pieeep! … Pieeep! Der Herzmonitor neben mir tönte schon eine verdammt lange Zeit. Auch wenn ich im Koma lag, bekam ich alles um mich herum mit. Die Ärzte, die sich in dem Raum befanden, in dem ich wie versteinert in meinem Krankenbett lag, sprachen darüber, dass ich die vielen Gehirnoperationen mit modern verbauten Techniken, die Hauttransplantationen anlässlich meines verstümmelten Gesichts und den komplizierten Schulterbruch gut überstanden hätte. Allerdings war es noch unklar, wie stark ich im Alltag beeinträchtigt sein würde, falls ich meine Augen wieder aufschlug.

Mein Dad, der nun nicht mehr als Buhmann verschrien war, sondern als Held gefeiert wurde, weil er in seiner Funktion als Sheriff mich, den Serienkiller, gestoppt hatte, wollte vom ersten Tag an unbedingt die Maschinen abschalten lassen. Gleiches strebten auch die noch lebenden Bewohner von Everly Falls an. Mom enthielt sich dieser schwierigen Thematik, was zu lautstarken Streitigkeiten zwischen ihr und Dad führte. Fakt war jedoch, dass ich zu gesund und zu lebendig war, um hier im Krankenhaus meinen zweiten Tod zu erleben. Trotzdem konnte ich mir nicht erklären, warum ich all den

Menschen in Everly Falls hatte wehtun wollen. Meine Erinnerung wies erhebliche Lücken auf, und ich ahnte bereits, welch harte Zeiten auf mich zukämen, wenn Dad mich in Handschellen abführen würde.

In meinem Kopf schwirrte ein Mädchen mit französischem Akzent umher, das neuerdings hier herumschlich und mir allerlei Ungereimtheiten zuflüsterte. Sie behauptete, ich sei nicht so schwach wie ein gewisser Elias Whitmore und dass sie mich unbedingt brauche. Die Spielregeln hätten sich geändert. Gemeinsam wolle sie mit mir den Teufel vom Thron stürzen. Ehrlich gesagt konnte ich mit all diesem Zeug nichts anfangen, aber irgendwie schmeichelte es mir und es kam mir vor, als ob ich ihr bereits begegnet wäre. Ich war fest entschlossen, aus dem Koma zu erwachen, um sie kennenzulernen!

Über den Autor

Um in verschiedenen Genres zu schreiben, bedient sich Marshall Flynn dieses Künstlernamens. Er ist von vielseitigen Interessen geprägt und ein stiller Beobachter dieser Welt. Was ihn in seiner Seele umtreibt, verwirrt und schockiert, bringt Marshall Flynn mit seiner psychologischen und philosophischen Ader zu Papier. Dabei ist es sein Ziel, nicht nur zu unterhalten, sondern seine Leserinnen und Leser auch dazu zu ermutigen, alles zu hinterfragen und die Göttlichkeit in sich selbst zu entdecken.

Das Wohlergehen der Tiere liegt Marshall Flynn ebenfalls sehr am Herzen. Veganismus ist für ihn eine Lebenseinstellung und kein modischer Trend, den man mal aus Spaß ausprobiert.

Besonders verzaubert wird der Autor von seiner Hündin Easy und seinem Hamster Bruce. Sie zeigen ihm täglich die wichtigste Lektion des Lebens: Die pure Freude liegt in der Einfachheit des Moments und nicht im sinnlosen Grübeln über Vergangenheit und Zukunft.

Printed in Poland
by Amazon Fulfillment
Poland Sp. z o.o., Wrocław

44893896R00059